THICK
DESCRIPTION

传 递 历 史 主 线 的 脉 动

探索幽冥

乾嘉时期两部志怪中的知识实践

王东杰 著

巴蜀书社

总序

　　"深描"（thick description）两字广为人知，大概主要得力于人类学家克利福德·格尔茨（Clifford Geertz）的使用；而格尔茨又明言，这个词是他从哲学家吉尔伯特·赖尔（Gilbert Ryle）那里借来的。格尔茨解释何谓"深描"，举的都是赖尔用过的例子：一个人眨了下眼，他可能就只是眨眼而已，用来缓解一下视觉疲劳，但也可能是跟对面的朋友发送了一个心照不宣的信号，或者是在模仿取笑第三个人，甚或可能只是一个表演前的排练。我们要确切把握行为者的真实意图，不能依靠对动作的"浅描"（thin description）——比如，某人正在迅速张开又合上他的右眼——而是要提供一套对其"意涵"加以破解的方式：这意涵由行为者所在的社会与文化共识决定（也离不开物质和生理条件的制约）。照我理解，最粗浅地说，"深描"即是将对象放在其所在的具体语境中加以理解。它得以成立的理论上的前提，则是相信人是一种追求并传达"意义"的动物。

编者相信，"深描"不是一种固定的研究手段，而是一种观察世界的方法。世界如许广阔，收入这套丛书的著作，当然也不限一个学科。其中以史学作品居多，那自然同编者自己的学科训练及交游局限有关，但也收入人类学、社会学、文学史、艺术史、科技史、哲学史、传媒研究的著述。若说它们有什么共同之处，那主要是形式上的：每本书的体量都不大，约在8万—12万字上下——这种篇幅在现行学术考评体制下颇为尴尬，作为论文似乎太长，作为专著又似乎太短；方法上，秉承"小题大做"原则，力图透过对具体而微的选题进行细致深密的开采，以传递历史主线的脉动，收到"因小见大"的效果。丛书所收皆是学术著作，但也希望有更广的受众，因此在选题方面，希望多一点风趣，不必过于正襟危坐、大义凛然；在表述上以叙事为主，可是也要通过深入分析，来揭晓人事背后的"意义"，同时力避门墙高峻的术语，追求和蔼平易、晓畅练达的文风——然而这却不只是为了要"通俗"的缘故。而是因为编者以为，"史"在中国本即是"文"，20世纪以来学者将此传统弃置脑后，结果是得不偿失，不仅丢掉了更多读者，也丧失了中国学术的本色精神。"深描"则尽可能接续此一传统，在中国学人中提倡一点"文"的自觉（至于成绩如何，当然是另一回事）。

用今日通行的学术评估标准看，"深描"毫无疑问位处边缘，不过我们也并不主动追求进入"中心"。边缘自有边缘的自由。在严格遵循真正的学术规范、保证学术品质的前提下，"深描"绝不排斥富有想象力的冒险和越界，甚至有意鼓励带点实验性的作品。毕竟，"思想"原有几分孩童脾气，喜欢不带地图，自在游戏，有时犯了错误，退回即是。畏头畏脑、缩手缩脚、不许乱说乱动，那是管理人犯，不是礼遇学者。一个学者"描"得是否够"深"，除了自身功底的限制，也要依赖于一个允许他／她"深描"的制度与习俗空间，而这本身即是"深描"所要审视的、构成社会文化意义网络的一部分。据此，编者决不会为"深描"预设一个终结时刻，而是希望它福寿绵长——这里说的，自然不只是这套丛书。

王东杰

contents
目　录

注释简称说明

　　为节省篇幅，本书引用《阅微草堂笔记》和《子不语》，采用随文夹注的方式。

　　《阅微草堂笔记》由五种作品构成，分别是《滦阳消夏录》（1789）、《如是我闻》（1791）、《槐西杂志》（1792）、《姑妄听之》（1793）和《滦阳续录》（1798）。本书使用的是吴波等辑校的《阅微草堂笔记会校会注会评》本（南京：凤凰出版社，2012年）。该书为《笔记》的每一则故事都编注了号码，颇便查找。本书征引该书，只标列卷号和条码，如《阅》8:44即《阅微草堂笔记》卷八第44条。又，此书收录一些后人评点，也相应地在条后标出。如，"徐评"乃晚清藏书家徐时栋（1814—1873）评语，"翁评"乃翁心存（1791—1862）评语，"珺评"乃徐珺评语。

　　本书所用《子不语》系上海古籍出版社2012年版。文中征引此书，仅标列卷数和小标题，如《子》23《人面豆》即是《子不语》卷二十三《人面豆》，《续》1《尸合》即是《续子不语》卷一《尸合》。

导　言

　　18世纪末19世纪初是清朝盛极而衰的转捩点，也是中国传统志怪集出版的巅峰。[1]这些著作中最受称道的，无疑是纪昀（1724—1805）的《阅微草堂笔记》（以下或简称《笔记》）。而袁枚（1716—1798）的《子不语》（含《续子不语》）虽名声略逊，[2]论及读者之广，却未必输于前书。这两部著作能够吸引大批拥趸，除了自身质量的保障，也和作者的声名有关：南袁北纪，皆是身负时望之人，前者诗声籍籍，自

----

　　① 据陈德鸿统计，1788—1801年间，至少有18部志怪集问世，其中仅1791年就刊行了5部（Leo Tak-hung Chan, 1998: 16）。需要说明的是，陈氏只统计了他认为"重要"的作品，而不是当时出版志怪集的全部，比如，其中列有袁枚的《子不语》，但没有他的《续子不语》。

　　② 袁枚在该书《序》中说，《子不语》写成之后，"见元人说部有雷同者"，遂改名《新齐谐》。不过，时人和后人仍多有称此书为《子不语》的。

不待言；后者于文名之外，更以《四库全书》馆总纂的身份，联络学人，倡导风气，被后人目为汉学"护法"［梁启超，1989：4—5（卷页）；张维屏：1998］。二人于晚年不约而同写起志怪，本身便是值得注目的事实。若单从内容看，这两本书和其时流行的同类作品也并无大异，皆是津津于幽明两界的纠缠、对流、互动、解脱，主题相仿，构思雷同。但也正因如此，可以使得我们将之作为标本，从中窥探那时人们在有关问题上的某些共识。

这一时期思想文化领域中更受人关注的一个特征，是所谓"汉学"亦即考据学的兴旺。如前所述，纪昀就是这一运动的重要发起人和参与者之一。尽管他自己的考据成就并不突出，但任何一部讲述清代学术史的著作，也都少不了他的身影。汉学以实事求是为嚆矢，崇尚博雅多闻，讲究无征不信，提倡采用客观证据说服人，而不是像理学家那样，更强调在主观体验层次对真理的证悟。与之相应，汉学家感兴趣的也是名物典章一类具体物事，而非抽象玄远的形上议题（王汎森，2013：1—40）。这一学术取向的差异在更大范围的思想层面的表现，即是所谓"汉宋之争"。无论是整体性的立场和方法，还是许多细部结论，宋明理学都遭到汉学家的集体批判和嘲讽；而且流风所被，即使那些还远未触及汉宋学术之门的普通士子，甚至不少素来鄙夷考据而不为的文人［袁枚就是其中一位

（张循，2017：20—66；余英时，1995：275—276）〕，对宋学的轻视，亦不遑多让。

把乾嘉时期智识生活中的这两种风气放在一起，不能不令人想及一个有趣的议题：汉学考据，态度谨严，作风实在；志怪则专语荒唐怪诞，悠谬无稽。二者的风格看来正是向背而驰，但既然同处一个时代，甚至有纪昀这样一手写《四库全书总目》，一手写《阅微草堂笔记》的例子，这两种现象是否存在某些隐秘关联，抑或就只是两条互不交涉的平行线？

这个问题之前亦曾引起一些学者注意。比如，李孝悌等人就把《子不语》放在专制皇权和乾嘉考据所不及的"自由"空间里衡量（李孝悌，2007：166—193；龚鹏程，2007：152—180）。而与之相反的看法也不少：王颖强调考据学的发展使得小说创作中的虚构性和想象性受到压制，写实性被大大强化（王颖，2008：54—58）；张伟丽从修辞学角度，认为《笔记》"重'质'崇'实'"的审美风格是考证学风渗入小说创作的结果（张伟丽，2015：34）。不过，考证与朴质的文风之间未必有特殊对应关系。也许恰好相反，许多考据学家对辞藻富丽的骈体文更富钟情，因为要写好骈文，必须腹笥宽广，知书识字，正合汉学胃口。事实上，鲁迅（1881—1936）早就说过，《笔记》"尚质黜华"，意在追步六朝的"志怪精

5

神"，①和纪昀对汉学的热衷没什么关系。要寻找这个问题的答案，不能单看表面关合，还要做更系统和细致的工作。

一个更深入的成果是前边注释中已经提到的陈德鸿的著作。他率先注意到，考据学对实证知识的追求，早已使得志怪的价值变得"可疑"，那么，纪昀为何还乐此不疲？为此，陈氏追溯了时人写作志怪的各种动机：最常见的当然是宣讲福善祸淫，净化社会风气——各种非常可怪之谈，一旦变为讽世工具，也就立时清白。另外一个不是不重要的理由是个人喜好：谈鬼说狐，是一种消遣和娱乐，虽然不像神道设教那样立意"高尚"，但也合情合理。陈氏还特别拈出《子不语》每卷开头都标出的"随园戏笔"四个字，从中看到了和现代民俗学家相类似的态度。

对本书主题更重要的是，在时人眼中，志怪写作本身就具有知识兴味，它是彼时博学观念的一部分。②陈德鸿指出，博物和道德一起，构成了志怪著作合法化的两大视角。他用了

---

① 《笔记》走的是"志怪"的路子，和《聊斋志异》取径"传奇"的风格不同。志怪强调的是作者对于所见所闻的简要记录（参看第二章），而传奇带有更强的虚构性，描写上较为浓笔重彩（鲁迅，2014：531）。但鲁迅把《子不语》也放到《聊斋》系统里，未必准确（高玉海，2009：279—287；Leo Tak-hung Chan，1998：45—50）。韩瑞亚（Rania Huntington）也注意到这个问题，并试图用狐狸的形象为例，说明这两种文类的不同："志怪把狐狸当作现象，传奇则把狐狸当成角色。"（韩瑞亚，2019：15）

② 当然，这也不是这一时期所独有的现象（王昕，2018：127）。

6

大量篇幅，讨论了纪昀对自己笔下这些奇异故事的态度：他是否曾考虑它们的真伪，又通过什么方式来证实自己的论断？在陈氏看来，《笔记》的叙事具有明显的"实证风格"：纪昀搜罗大量故事，并不只为满足好奇心和说教欲，他也认真思考这些故事的性质，检验它们是否可靠。他倾向于认可它们的真实性，并试图解说其中的原理，但同时也保持着向质疑的开放。尤值一提的是，陈氏还注意到，《笔记》里的故事，最初都是通过闲聊方式扩散开的，而这种传播途径和情境，也使得故事讲述者要不断面对故事真实性和可靠性的问题。

纪昀是否相信鬼怪存在，并非陈德鸿首先提出，在他之前和之后，都有很多人就此表达过看法，正反两种意见都有。但在陈氏之前，没有人就此问题做过认真推究，论者往往摭拾只言片语就匆促做结，更未曾设身处地重构纪昀的思考所由建立的社会环境和具体过程，或许他们根本不认为这是一个值得关注的问题。在此意义上，陈德鸿的著作具有开创之功。[①]通过

---

① 此外，朗宓榭（Michael Lackner）也注意到，纪昀对每一灵异案例都抱有"审慎和怀疑"，试图以"理性手段"研究"非理性"现象（朗宓榭，2018：67—77）。韩瑞亚发现，纪昀使用"类似考证的方式来定义狐狸"，但强调"他优先对待当时的口述材料而非书写材料"，因而"颠倒了"考据学家惯常的标准（韩瑞亚，2019：62）。不过，即使在幽冥事务中，文献典籍在纪昀心中的地位仍是不可低估的，具体论述参看本书第四章。王培峰注意到《阅微草堂笔记》和《四库全书总目》在学术思想上的平行关系（王培峰，2015：57—65）。

他的考察，我们可以断定，至少对纪昀来说，他讲这些故事不是随随便便，而是严肃认真的。①

那么，这只是纪昀这样一位考证学者的特殊癖好，还是其时读书人中更普遍的立场？这正是本书想要回答的问题。我希望更细致和深入地探讨，清人如何将鬼怪故事作为一个认知对象：他们怎样思索幽冥事件，使用了何种探索方法？和陈德鸿花了大量篇幅着眼于《笔记》的"说教"特征不同，本书即使涉及志怪故事的道德含义，也是将其放在知识论脉络中来观察的；我没有采取陈书的叙事学进路，而更多地借鉴了心态史的做法；同时，为了兼顾不同士人类型，使研究对象更为全面和丰富，我也把袁枚以及同时代或相邻时代其他一些读书人的著作纳入了考察范围。也就是说，我不是从考据学视野，而是从"道问学"这样一种更广阔的时代心智氛围来思考这个问题的（考据学只是其表现之一）。不过，袁、纪二人的作品风格不同，纪昀喜欢借助故事做推理，发议论；袁枚感兴趣的就只是故事本身。②因此，在很多问题上，我不得不更多地依赖于纪昀的著作；但在另一些问题上，袁枚（及其他作者）不经意的

---

① 日本学者武田雅哉对《西游记》的研究也发现了类似情形（武田雅哉，2017：45）。

② 事实上，袁枚书中有好几个故事是直接从纪昀那里抄过来的（参看第一章），不过，他删去了纪昀所做的道德训诫和分析推理性质的评论。纪昀使用的猜测性口吻，在袁枚那里往往也变得更为笃定。

一笔，往往也会开掘一块更有价值的思考空间。

　　众所周知，心态史家之所谓"心态"，主要是在集体而非个人层面上成立的，其研究对象常是"匿名者"，而我恰恰选择了两位名流，看起来正好和心态史的定义南辕北辙。对此，我的辩解是："心态"本身就是含糊混沌的，因此，我们很难在此将集体和个人一分为二。任何集体性的"心态"，都必然落实在（无数）个体身上，并透过这些个体呈露；而它的模糊性，也正来自这种"无数个体"的调节和影响：就每一个体看，"心态"的表现当然各有差异，有时甚至差异还相当严重，但这并不妨碍它们在整体上形成一种共同的认知取向。在实践中，特殊性和普遍性绝非势不两立，不可兼容。就此而言，名人未必一定不能（当然也未必一定可以）反映一个时代某一群体性质的"心态"，重要的是学者希望从他那里探究何种内容，如此而已。

　　其实，从史料生成的角度来看，这两本书中的故事，都不是纪昀和袁枚（以我们今天所了解的文学创作方式）主观虚构而成，而是来自他们的见闻与阅读。尽管在写作过程中，这些故事不可避免地要掺入作者个人的加工和再创造的成分，可它们首先还是社交过程的产物。这就意味着，它们既是个人的，也是集体的。我们无法，实际上也没有必要在这两者之间做出特别明确的区分。

意大利历史学家卡洛·金斯伯格（Carlo Ginzburg）等人曾批评心态史忽视了社会内部的文化差异性（Carlo Ginzburg，1980：xxiii；John H. Arnold，2008：117）。然而从另一方面看，这也正是它的特色。诚如霍布斯鲍姆（Eric Hobsbawm，1917—2012）所言，心态史家不但要寻找"差异"，还要"在不同形式的行为、思想以及情感之间找到一种逻辑联系"，将其视为"相互连贯的"整体。这个"整体"决定了某一群人为何会相信某些东西（埃里克·霍布斯鲍姆，2003：212—213）。这当然不是说，在一种"心态"下就只有一种"观点"，不过，心态限定了人们的情感和认知的范围与方向，使得这些观点有如盘中之丸，百走不出。史家要做的，就是通过对"丸"的运动轨迹的追踪，把这个限制了"丸"的活动范围但也为其提供了移动空间的"盘"找出来。

要说明的是，我无意寻找一个其时大多数中国人共享的跨阶层文化——这在他们对幽冥世界的构思中可以清楚地看到。[①]我感兴趣的是人们怎样把幽冥故事当作一种知识省思的对象，这自然要到读书人身上找答案。大多数不识字的民众，或许可以从一个故事中获得不少生活常识和人伦启示，但是否

---

① 这方面已经有了一些不错的通俗性著作，作者下过不少实在功夫，价值在许多"学术著作"之上（栾保群，2011；栾保群，2017A；栾保群，2017B；有鬼君，2020）。

会关注它们在事实层面的真确性和逻辑层面的严密性，我们已难以得知。因此，我所说的主要还是读书人（甚至是少数精英读书人）的心态，尽管这并不意味着它们为士人阶层所独有。当然，我在本书中也注意到，志怪故事也是日常知识的一种来源，在这方面，它涉及的人群就要宽广很多。

心态史研究人们日用而不知的思维假定。这些假定只有在少数情形下才成为当事人有意识反省的对象，多数时候都是一闪而过的模糊念头。正如今日的认知科学指出的，人的思维大多数是无意识的。人透过"无意识概念系统"这只"看不见的手"营造自己的"常识"［乔治·莱考夫（George Lakoff）、马克·约翰逊（Mark Johnson），2018：9-13］。它们隐藏在生活和故事里最显眼的情节之下，决定了生活和故事成为我们所能看到的样子，然而却很少为人觉察。在这个意义上，不是人在讲故事，而是故事在"操纵"人［约翰·哈特利（John Hartley）、贾森·波茨（Jason Potts），2017：40］。①幸运的是，我们对此困局也并非全无办法。关键在于怎样提出一些具

---

① 在不同故事里，有些情节构建和叙事模式乃至修辞用语都反复出现，意味着它们很可能是一种固定的叙述格套。但是，这并不意味着它们就是不真实的。事实上，本书想要证明的一个看法恰好就是，生活和叙事无法分割，在很多情形下，生活就是按照叙事的方式展开的。格套之所以成为格套，表明它们"深得人心"，也因此而证明了其真实性，至少是心理上的真实；而熟知这些格套的人们，亦往往不由自主地按照现成的方式来应对他们所遭遇的事件，致使生活也"倾向于"按照人们所熟悉的样子发生。

有穿透力的问题，将我们的注意力引向那些往往被忽略的物事上。对此，前辈学者已有不少经验可供借镜。比如娜塔莉·戴维斯（Natalie Zemon Davis）在一部讨论法国赦罪文化的著作中提出的，"16世纪的人们如何讲故事，他们心目中的好故事是怎样的，他们如何说明动机，以及他们如何通过叙述来理解始料未及的事件，并使之与当下的经验相吻合"（娜塔莉·泽蒙·戴维斯，2015：5），就给人极大启发。

当事人身在局中，不由自主，却每以为自行其意；研究者冷眼旁观，细心发覆，对当事者的了解有时要超过其本人。然而，身在局外，其实也未必更为清醒。引人入胜的故事自有魔力，能将读者摄入其中，一不小心就陷入语言的牢笼。学者必须保持足够警觉，不时从流畅的阅读快感中抽身而退，绕到字句背面，寻绎作者未曾明言的思维起点和路径。在此情形下，最有价值的东西常常不是作品刻意宣扬和渲染的信息，反而是其无意间带出的边角碎料：作者放松警惕之处，正该是研究者睁大眼睛的地方。但是这方法和我们自幼的阅读训练所要求关注的重点大相径庭，且同时又有凿之过深以至将史料"读死"的风险。怎样深入文本的字里行间，又处处顺应其行文语势，并保持其自身的弹性，知易行难，其实是不小的考验。

《阅微草堂笔记》和《子不语》都是18世纪末的著作，也都不可避免地留下了时代的印迹，清初政治生活中的大事，诸如于七之乱（1648—1662）（《子》23《人面豆》）、三藩之乱（1673—1681）（《子》6《鼠啮林西仲》，《阅》8:44）、吕留良（1629—1683）案（《子》24《时文鬼》）、王伦起义（1774）（《续》1《尸合》）等，或多或少，都在这两部书中有所反映。不过，在我看来，这些故事虽然取自一个特定时期，却是多重历史时段层累搅拌的结果，并不只是一个时代政治和社会生活的简单投射。

中国有一个漫长的神异知识传统，袁枚和纪昀对此烂若指掌，并且有意识地将自己的作品置于其间。它们包含的某些要素（术语、情节等），可以追溯至不同时代，有些自先秦开始，已经延续了两千余年，仍在发挥功效：比如取精用宏，厉鬼为祟（《子》7《石崇老奴才》），早在《左传》里就有子产（？—前522）的著名解说；[1]有些则出现得较晚：比如书中随处可见的"恐怖而凶残"的僵尸形象，就是到清代才流行的（**来保群，2017B：23**）。因此，单从时间性来看，这些故事包含的内容绝不同质。它们犹如一个考古工地般，将不同历史地层平列在一起。但和发掘现场不同的是，这些地层并非界线分明，而是已

---

[1] 《左传》开启了中国志怪史上不少极具张力的传统，如宿命论和人的努力的关系、生前正直的人死后成为自私的鬼、"神不歆非类"和鬼神会享用任何人的供品之间的矛盾、悲剧的预言家又希望打破自己的预言等（李惠仪，2016：142—149）。它们多少也在我们讨论的这两本书中有所体现，比如《子不语》卷一第三篇《南昌士人》，就可以看到善人变恶鬼的主题。

经有机地交织成为一个整体。乾嘉时期的人们，就是透过这个混搭而成的认知架构在描述、理解、探询，同时也小心翼翼地回应着另一个世界。可是，这不是说分辨它们的历史层次就没有意义了。搞错了历史地层，势必影响我们对问题的判断。① 不过，仅就本书来讲，我关心的并不是一个个志怪因素如何在历史长河中衍变，而是它们在一个特定的历史横切面上如何被使用。

由于这些故事存在着一个在口头与书面间转换的问题，我也参考了一些人类学和传播学著作，试图勾勒不同传播媒介对于故事的塑造；要更好地解读这些故事，了解其情节设置、修辞手法，需要向文学理论家和评论家学习；一个故事犹如一阵风，在不同社会和文化空间流动，从一处吹到另一处，多少会染上这些地方的信息，知识社会史的视角或许是更细致的分析工具；故事一旦说出来或写出来，作者（不管是实名的还是匿名的、个体的还是集体的）便不再能够控制，听者和读者可以按照自己的意图去使用它们，阅读史的方法在这方面不无启发；最后，因为我要把这些神怪故事放在乾嘉时期"道问学"的思想氛围中考察，思想史和学术史的成果理所当然地成为本书必须时时参照的坐标。

这本小书的任务是从18世纪末"道问学"的智识氛围出

---

① 将一些心智现象的起源追溯到某个特定历史时期，而忘掉它们曾在历史上反复出现，或者根本就是源于人性本身，有时不免凿之过深之弊（姚大力，2016: 241—242）。

发，对这两部志怪和其他类似作品加以认知史（可视为心态史的一部分）视角的考察：如果它们除了是故事，还是知识的话，诸如纪昀和袁枚这样的士大夫精英是怎样获取、辨析、研讨和利用这些知识的？具体来说，我要讨论的是：这些知识和故事来自哪里，如何传播？人们对这些故事的真实性如何看待，抑或漠不关心？乾嘉时期的读书人怎样借助志怪故事从事智性思考：他们有没有试图对这些怪异现象加以合理的解释；对于其中的逻辑罅隙，他们是否有所感知，又怎样处理？人们如何从这些作品中学习知识和技术，应对生活危机？最后，在这些神怪故事中，知识本身扮演了什么样的角色？

本书就是我对这一系列问题的解答。不过，在此之前，我不得不解释一下：我所说的"知识"是什么意思？彼得·柏克（Peter Burke，或译彼得·伯克）曾说，这个问题和"真理是什么"一样，是"难以回答"的（**彼得·柏克，2013：42**）。这是因为，在不同时代和文化中，"知识"的标准也各自不同：在有些时代和文化中被认为是"知识"的东西，在另一些时代和文化中也许根本就被嗤之以鼻，看成"胡说"，或是不必认真的"故事"。[①]如果回到纪昀和袁枚那个时代的读

---

① 有关中国古人对"知识"的认知，可以参看何莫邪（Christoph Harbsmeier）的《中国古代的知识概念》（何莫邪，2015，25-47）。他的论述虽然主要集中在中国思想史的早期，但与本书的讨论亦有相互映发处。

书人中，则"知识"一词的主流用法与时人所谓"闻见之知"大抵相类（尽管不同流派的学者对"闻见之知"的评价各不相同）。本书自然也遵循着同样的用法。

这里的关键在于，"知识"不等于"真理"（尽管"真理"的标准同样变动不居）："真理"一词本身就保证了其真确性（当然，这仍是对其信奉者而言的），而"知识"则是有待探究的对象，它可能是真，也可能是假。所以，本书的核心在于时人的态度：面对一个资讯，他们是否会"当真"，还是仅仅把它看作一个"故事"。如果人们想辨析其真伪，推究其理据，即使做得粗疏至极，它还是被当作"知识"对待的（至少也具有入选的资格）。如果它只是一个"故事"，那要么就是随便说说和听听而已；要么就是借此说事儿，寄托寓意——这当然也很严肃，但那是价值、道德、伦理层面的严肃，和本书关注的方向不同。一句话，在我说到"知识"的时候，我指的是那时的人们认为（有可能）真实有效的信息和技术，无论今日的"科学"怎样看它。在这一点上，我是保罗·韦纳（Paul Veyne）的信徒："看法、实际经验、尘世是一回事，科学则是另一回事，而历史学属于看法这一边。"（保罗·韦纳，2018：279）

第一章　说鬼的人们

　　中国人一向以注重现世著称，其实也像世上任何人一样，同时生活于两个世界：一个是所有人都看得到的，一个是通常人看不到的。前者是阳界、明界；后者是阴界、幽界。明界是人的世界，幽界是鬼神世界，也是妖精、物怪，一切非人非鬼众生的世界。[①]有关幽明两界的关系，与纪昀、袁枚同时的名诗人、学者赵翼（1727—1814）曾云：

---

　　① 栾保群认为，应区分"鬼文化"和"幽冥文化"。前者含义广泛，妖怪神魔俱在其中；后者则只包括人死后的鬼魂及处于生死之间的生魂（郑诗亮，2018）。本书所说的"幽冥"，则仍取其广义，一来是因为主题不同；再者，广义的"幽冥"似更近古人心态。比如，纪昀就曾说过："人阳类，鬼阴类，狐介于人鬼之间，然亦阴类也。"（《阅》5:16）可知即使最接近人的狐仙，仍在幽冥范围内。

生人与死鬼，同此世界内。

　　人以夜为暗，鬼以昼为晦。

　　各自路一条，并行不相碍。

　　奈何世人愚，心自生魑魅。

　　目所不见处，辄疑有鬼在。（赵翼，2009：376）

　　目所不见，不但不能减少人对幽冥的好奇，反而更加惹人疑虑，增人恐惧，乃有许多奇事异闻流布人间。但却未必像赵翼鄙薄的，只是愚痴心理所造。幽明两界是人站在自己立场上所做的区分，实际是以"明"为本，"幽"不过是"明"的镜像（所以才有昼夜倒置这样的景观）。镜子是给看镜子的人准备的，这些故事所寄托者，当然也只能是人的关切。用心理学家保罗·普吕瑟（Paul W. Pruyser，1916—1987）的话说，它们是"被人使用"的（保罗·普吕瑟，2014：181）。有用，那就不是或不只是随便说说，而是多多少少带点严肃性的（当然，我这样说并不意味着否定志怪故事同时也具有"随便说说"的属性，甚至在大多数情形下，这可能还是其主要功能）。

　　荷兰历史学家田海（Barend ter Haar）曾专门写过一部著作，研讨在中国近世社会中，鬼怪故事有可能引发什么样的后果（田海，2017）。他关注的是一些特定类型的"故事"：某

18

些可怕的力量如何对人施加攻击。这些消息通过口头方式迅速扩散，引起一地乃至更大范围社群的集体恐慌，触发各种危机和紧急行动。这种"故事"通常被我们称作谣言。这和《阅微草堂笔记》及《子不语》里的故事不同：后者处于更日常的场景中，传播速度平缓，引发的社会效应规模不大，也不是很集中。其中当然也有田海讨论的那类故事，然而它们中的大部分在被记录下来时，早已脱离了其原本致人恐慌的语境，而相对"冷却"下来。

一句话，《阅微草堂笔记》和《子不语》里的故事基本上就只是"故事"，不是"谣言"。它们来自纪昀和袁枚日常听闻的各种闲谈。把这些闲谈记录下来，成为"小说"，是中国文人的一个传统。《汉书·艺文志》"诸子略"就有"小说家"忝陪末座："小说家者流，盖出于稗官。街谈巷语，道听途说者之所造也。孔子曰：'虽小道，必有可观者焉。致远恐泥，是以君子弗为也。'（**引者注：实际是子夏的话，出自《论语·子张》**）然亦弗灭也。闾里小知者之所及，亦使缀而不忘。如或一言可采，此亦刍荛狂夫之议也。"说得很曲折，大意仍是肯定其价值。《笔记》和《子不语》就是秉承了"道听途说"精神的作品，作者不一定太把它当回事，可是也不一定太不当回事。

人类学家艾米·舒曼（Amy Shuman）说：一个故事的

"意义与解说不只是与故事的内容相关，也和卷入故事交流中的社会交往模式相关"（Amy Shuman，1986：22）。这些模式包含多种微观语境，但大都是中国传统文献很少关注的，历史学家又无法像人类学家一样亲临现场，只能尽力压榨史料，以期发现蛛丝马迹。在这一章里，我要把《笔记》和《子不语》中的鬼怪故事放在士大夫的跨阶层社交脉络中，重建它们被传述的情形和路径，试图探索不同的交流媒介怎样影响人们对故事的判断。我希望表明，讲述和记录故事的行为，同时也是一种认知行为（至少是具有认知性的）。

一

要准确还原纪昀和袁枚笔下这些故事原初的讲述语境，显然已不可能。唯一可以肯定的是，就像民间传说大都出自普通民众在田间地头、火边炕沿的聊天一样，读书人圈子里的闲聊也为这些故事提供了原本。这两部书里出现的名流，高官如陈鹏年（1663—1723）、李卫（1687—1738），学者如江永（1681—1762）、王昶（1725—1806），文士如董邦达（1696—1769）、蒋士铨（1725—1784），或是故事的主人公，或是故事的讲述人，主动被动，都被卷入鬼魅神妖的世界。自然，闲谈未必就是说鬼，但即使并不相信神异存在的洪亮吉（1746—1809），讲起与老友共度的时光，也有"人事尽乃幽谭鬼神"的回忆（洪亮吉，2001：386）。好奇乃是人的天性，读书人亦自难免。自苏轼（1037—1101）留下"姑妄言之"的话头（叶梦得，2012：102—103），"说鬼"的格调更是明显上升。晚明高士如屠隆（1544—1605）、陈继儒（1558—1639）、吴从先等，纷纷将之列为雅人韵事（杨坚江，2011：169、320、373），看重的是其不涉人事，远离俗情（虽然其实不然）。至于清人文字多忌，语入幽冥，恐更多一重避祸的考虑。①

　　读书人围聚一起谈鬼说狐的情形，前人记录都很简略，但数量很多，俯拾即是。此处不妨从清末民初江苏学者毛元征（1875—1931）日记里随手捡出几条，以见一斑。1925年7月26号的日记，有他当日听来的六个故事。前三个由"陈继丈"所说：第一个讲的是一位力大无穷的役夫，能够背负马车过桥，遂被市人讹传为一头牛转世投胎。不寻常，但也非灵异。不过话题紧接着就变了：北京东城一个妻子用道士所传法术，使暴虐的丈夫情性大改；江苏金匮某人经人托梦，发现自家已故老

---

① 　纪昀、袁枚是否有此顾虑，我没有证据，但乾隆时举国上下在文字狱压力下"自我压抑"的情形，王汎森已有极生动的描写（王汎森，2013：393—500）。他在文中引梁启超（1873—1929）语，说乾隆时内廷演戏，多搬演"神怪幽灵牛鬼蛇神之事"，可为旁证。

人的坟茔破损。接下来，阮乃谷说了两件事：一是当地某人病危，梦见邻家老妪被鬼卒拘去，醒后发现老妇果然刚刚亡故；一是某人以《金刚经》超度缢鬼，终获善报。最后是黄桐生讲的，怎样用《往生咒》超度亡魂。8月12号，毛又记下几件事：谭少南讲浙江某村妇被怪物附体、直隶保定的狐精和蛇精打官司、某京官小妾借尸还魂，接着，王蕴之又讲了一个妇人被各种精怪缠身的事（毛元征，2015：180—182、185—187）。

这些记录同《阅微草堂笔记》和《子不语》的相似性非常明显：它们都会交代故事的讲述人、怪事发生的地点、经历者、目击者等具体信息，在编排方式上，有时连续几条故事都出自同一人之口。显然，纪、袁笔下的鬼怪故事，最初应该也就来自类似场所。

从毛元征的日记里可以发现，闲聊时的话题是怎样不知不觉地滑过幽明边界的：一桩罕见的"人事"，就可能将人们的注意力拉向鬼神。其次，我们也看到这些故事如何呼朋引伴，相互催生：陈继丈讲到托梦，引起阮乃谷谈起梦中见鬼；阮氏提及《金刚经》可以度亡，遂有黄桐生申说《往生咒》的威力；谭少南和王蕴之所言，更都紧扣妇女被精怪缠身的主题。讲故事好比拔萝卜，一个带出另一个，推动它们在更大范围内的传播。最后，一桩灵异事件也会促使听众彼此交流他们所知的驱鬼方术。这样，"怪"与"非怪"、此"怪"与彼

"怪"、鬼怪的"事实"和降服它们的"技术"之间的区分，随着谈话的开展，往往变得模糊不清起来。

类似特征也都可以在《笔记》和《子不语》中发现。首先，这两本书都有些和幽冥无关的记录。比如纪昀一位仆人的怪异举止（《阅》13:2），在今天就是虐恋心理的表现。又如驯养多年的虎狼突发兽性，袭击主人，与其说是"怪"，毋宁说是"常"。袁枚用"鸟兽不可与同群"（**语出《论语·微子》**）作为故事标题（《子》21《人畜改常》，《续》10《鸟兽不可与同群》，《阅》14:35），那就不是"子不语"，而是为圣人做注了。两书也记载了不少边疆和海外的奇俗异物：喀尔喀一种"似猴非猴"的野兽，"往往窥探穹庐，乞人饮食，或取小刀烟具之属，被人呼喝，即弃而走"（《子》6《人同》），颇似今日所谓野人；崖州的黎人买卖田土，使用竹签作为凭据，更具民族志的价值（《子》21《割竹签》）。纪昀曾亲至新疆，讲到西域大风可将人吹到二百里外，云："此在彼不为怪，在他处则异闻矣。"（《阅》3:28）说得很清楚：它们被记下，皆因稀见之故。然而必须指出的是，这种在今人看来有点"鸡兔同笼"的记录方式，并不表明在作者心中，冥间的"怪"和人间的"怪"在性质上不存在任何差异（王正华，2005：406—407）。[①]

　　话题的互相逗引，就更是常见。袁枚就喜欢把同类故事写在一处，有时还取一个"某事几则"的标题（如《子》10《妖梦三则》、14《科场二则》，《续》6《官运二则》等）。他听说有人在江上看到一个黄布包袱，不久即狂风大起，惊涛骇浪，便立刻想到，一位"老于贾舶"者就说过，"江行有大风必先有风旗出水面，或即此欤？"（《续》8《江中黄袱》）《笔记》第12卷连续收录4则故事，都是壬申年（1752）七月纪昀等在诗人宋弼（号蒙泉，1703—1768）家谈狐的记录，讲述人分别是聂际茂（号松岩，1700—？）、法南野、田中仪（号白岩，？—约1761）和宋弼的父亲宋清远。故事中的角色，有雄狐，有雌狐；事件的发生，有由狐起者，有由人起者（《阅》12：18、12：19、12：20、12：21）。它们呈现了人狐关系的多种可能，使这次聚会成了一个专题研讨

会。[1]有次朱文震（字青雷）告诉纪昀，自己和友人遇到一位雅鬼，为他们更正了一句唐诗出处；纪昀将此说给戴震（字东原，1724—1777）听，戴就立刻讲了一个类似的故事：两书生夜谈，为《春秋》所用历法究竟是周历还是夏历的问题争执不下，忽闻窗外鬼声道："左氏周人，不容不知周正朔。二先生何必词费也。"（《阅》5:27）。有些读者兴之所至，有时也在评点中留下一个同类事件（如《阅》4:7"翁评"）。

《笔记》和《子不语》中也记了不少实用知识，比如袁枚津津乐道的种螯蟹法、扯鸡嗉救溺死人法（《续》10《种蟹》《扯鸡嗉救溺死人法》），纪昀关注的解菌毒之法等（《阅》14:15）。其中最受欢迎的是医方。曾任职四库馆的蔡新（号葛山，1707—1799）说，他校书过程中，最感得意的，就是依据《苏沈良方》（按：苏为苏轼，沈为沈括）

---

① 韩瑞亚注意到，几乎同一时期，满人士大夫和邦额的《夜谭随录》中也记录了一个类似场景，并将这两个记录做了有趣的比较（韩瑞亚，2019：30—57）。值得一辩的是，她引用了纪书中聂际茂的话（"贵族有一事，君知之乎？曩以乡试在济南，闻有纪生者"云云），认为此话采用的是"戏谑语气"，暗中指向纪昀。"把一段与狐狸精的关系作为一段客观的科学调查来追索，从某些角度来看，是在戏仿纪昀对待奇异之事的理性态度。"（韩瑞亚，2019：51）这里引申出来的一个问题是，对怪异的"科学调查"精神是否仅是纪昀的个人癖好，而他的朋友们对此未必皆以为然？首先，此段话只是纪昀转述，聂氏原话如何，已难知晓。至少从字面看，实在很难读出"戏谑""戏仿"之意。其次，在清代的志怪作者中，纪昀的确是最为热衷于对怪异进行系统性的知识探索的，不过，本书希望表明，其他人也不是完全没有这方面的兴趣。

的记载，救了幼孙一命，"乃知杂书亦有用也"（《阅》12:30）。一个红袍鬼向名医请教，治疗肺痈应用何药，名医答以白术。"红袍人大哭曰：'然则我当初误死也。'"（《子》8《医肺痈用白术》）纪昀也讲过一个狐仙教人怎样救治误饮卤水的方法（《阅》7:11），在志怪中兼具传播医疗知识的作用。而在一个黑眚流言四处猖獗的时代里，读者看到《驱虐鬼咒》《黑眚畏盐》这样的题目（《续》5、8），希望从中学到一种实用法术，当然也是合情合理的要求（参看第四章）。

与志怪笔记著录"不怪"的医方相映成趣，也有非志怪性质的著作从志怪里抄录药单的。比如王士禛（1634—1711）的《古夫于亭杂录》，就有《靛水治噎》《人参愈疾》两条，分别录自唐人的《广五行记》和《宣室志》，均为灵异之事，但王氏显然是把它们作为药方看待的（王士禛，2014：16、17）。

毛元征的日记迟于纪、袁二书一百余年，仍可提供富有启发性的说明，可知即使处在"数千年未有之大变局"中，人的好奇心的历史依然少有变化（实际至今仍如此）。另一方面，无论是内容还是传播方式，灵异故事的口头形式和书面形式之间，都具有高度的同构性。这不仅是因为笔记这种文类本身就是散漫的，和闲谈的情形最为吻合，而且也是因为书面文本和口头文本之间存在的多线对流关系。晚清天津士人李庆辰（约

1838—1897）在其所著《醉茶志怪》一书的序言中宣称，书中"事迹有与前贤仿佛者"，但确系自己亲自听闻，绝非"袭旧"（李庆辰，1990："自叙"1—3）。事实上，同一个故事，完全可以在不同媒体间多次转换，从口头的变成书面的，再从书面的变回口头的（或者相反）。①如果李庆辰所言属实的话，那他所听到的故事，很可能就是讲者从"前贤"书中稗贩而来。传播介质的改变，当然会使故事发生一些或大或小的变化，但仍会保留若干近似特征。更何况，志怪的作者（讲者）和读者（听者），往往就是同一批人。他们早已经将文字内化为思维结构的一部分，口头和书面表述在下意识中相互模仿，本不是什么奇怪的事情。

当然，复述乃至剽窃前人著作的情况，也绝不罕见。前人早已检举过，《续子不语》中不少条目就是从《阅微草堂笔记》抄来的。②据我一个粗略的比对，这种情况不下十余条，多数都只是做了一些字句更动（仅指叙事部分）。其中一条题为《文人夜有光》，与《笔记》卷一中的一则故事完全相同，

---

① 我同意宇文所安（Stephen Owen）所说"传闲话、嚼舌头、街谈巷议以及人们口头流传的故事"和书面文本一样，都是一个"话语体系"的"重要中心"。他所谓"话语体系"指的是"在某一特定的时间阅读、倾听、写作、再生产、改变以及传播文本的团体"（宇文所安，2006：6、5）。这意味着，无论口头的还是书面的文本，都应放入这个话语体系的整体中加以处理。

② 纪昀开始写《阅微草堂笔记》时，《子不语》已经出版；但《续子不语》的写作又晚于《笔记》。

且均谓此系"爱堂先生言"。然而这位爱堂先生其实是纪昀的伯高祖（《阅》6:28）。晚清藏书家徐时栋就据此破绽，确言"袁窃纪语"（《阅》1:3"徐评"）。不过，彼此抄袭，是包括志怪在内的笔记的共同现象，不必苛责袁枚一人。[1]换个角度看，这也表明，故事在书面之间的传播，和通过口头的辗转复述，实质并无两样。进一步，这些现象亦告诉我们，信息传播不是以线性方式进行，而是经由多种渠道同时扩散，方式极为复杂。

虽然口头传播的效率不容忽视，但书写和出版对于事件流传的作用显然更加有力。不仅如此，它们也犹如磁石一般，将更多的故事吸聚起来。《笔记》第一种《滦阳消夏录》写成后，立刻被"好事者辗转传抄，竟入书贾之手"（吴波等，2012：1105）。纪氏乃亲自校定，交付书商。此后因时"有以新续告者"，纪昀又写出《如是我闻》（《阅》7:卷首）。自是，"友朋聚集，多以异闻相告"，纪欲罢不能，置一专册以记录之，不久即有《槐西杂志》问世（《阅》11:卷首）。《笔记》中还有两则，是热心读者远路寄来的材料（《阅》

---

① 《阅微草堂笔记》中就有不少前人已经使用过的母题（吴波，2005：138—140）。

18:40、19:25）。①不过，读者的追捧，既是对作者的鼓励，也是作者的负担。《笔记》最后一种《滦阳续录》，无论质与量，皆明显不如此前四种，除作者年事已高、精力不济外，大概也有急于求成、满足读者期待的因素。而同样的现象，也不难在《续子不语》里发现（此书大量抄袭，恐怕就有这一层动因）。但无论如何，读者的回馈对作者的影响表明，这些著作也创造了以它们为中心的社交圈。

任何故事都不是单纯地讲一件"事"，也包含着特定的信息和价值；因此，故事的扩散，同时即是其中蕴含的信息和价值理念的扩散。以往人们对故事的思想观念层面考虑很多，尤其关注到它如何承担传承伦理的责任。不过，就像前边所说的，故事还具有知识价值，它要告诉人们幽冥世界的各种情况，以满足听众和读者的期待。当然，听到或读到一个故事，未必就要接受它附带的知识和伦理价值。因此，以文本为媒介构成的社交圈的扩展，也就无可避免地伴随着各种争议和探讨。其中既有思想性的，又有知识性的，本书只讨论后者。

这些争议中，一个基本层面是可信度的问题：一个故事

---

① 这也是彼时常态。蒲松龄（1640—1715）写《聊斋志异》，就有"四方同人"，时"以邮筒相寄"（张友鹤，2013：1—2）。李庆辰的朋友知道他在写志怪，亦时时相聚，"此谈异说，彼述奇闻"，为之提供素材（李庆辰，1990："自叙"2）。

是真是假？理论上，更多的人参与讨论，真相会愈辩愈明；但事实上，亲友之间的信息交流，往往更易使人对流言采取信任态度。田海曾引用明代大画家祝允明（1461—1527）的一段轶事：有段时间，狐狸精取人心肝之言甚盛。祝初时犹"以为讹言"，后听亲家一老妪讲，早起在街上亲见此物，乃由疑转信。成化年间（1465—1487）京师一度流行黑眚谣言，名臣尹直（1431—1511）始亦不信，但经邻居证实，态度发生了转变。明末清初浙江嘉兴一位士人王逌，面对当地的黑眚谣传，同样号称"余始不信"，不料却成为怪物的目击者（**田海，**2017：123、203、222）。

这几例中，目击人或亲历者的指认对确认"事实"是最为关键的：在祝允明那里，这个人是姻家老妪；在尹直那里，是街坊邻居；在王逌的例子中，则是他本人。这些人证可能是谈话的参与者，也可能是其熟人——这种关系无疑强化了他们证词的说服力；但有时根本就是故事中的一员，甚至没有名姓，只要能够承担证人的功能足矣。

若说上述这些都是群体危机事件，社会陷入集体恐慌的氛围，更易令人轻信的话，那些日常传闻的情形也是一样的。纪昀在乌鲁木齐时，曾偶对同人说，焰口经词句鄙俚，怀疑其是否真能"召魂施食"。同人"或然或否"，态度不一。这时，一位大盗出身的官奴白六突然插话，说自己曾亲眼见过放焰口时众鬼云集求食的场景（《阅》10:46）。以他的身份，当然没有资格加入士大夫的聚谈，他当时应该就是现场的旁听者。但他的经验却被纪昀认为是最重要的。同样，纪的两位友人李云举、霍养仲曾为鬼神之有无争得不可开交。李以为有，霍以为无，相互辩驳，难分胜负。李的一位仆人却忽然说："世间原有奇事，倘奴不身经，虽奴亦不信也。"接着就讲了自己遇鬼的经历。但霍养仲并未就此屈服，表示李仆助主，人多势众，"然吾终不能以人所见为我所见"（《阅》6:6）。

在这两例中，讲故事都发生在观点相左、争执不下的情境中，目的是为其中一方观点提供佐证：这样，讲故事就不只是为人们提供了讨论的对象，它本身就是讨论的方式。一个值得注意的现象是，在其中扮演重要的证人角色的常常不是读书人，而是他们身边的下人。在此我们可以看到灵异经验传递的跨阶层性：这些下层民众的鬼怪经历，对于纪昀这样的士人来说，在很多情况下，似乎更具说服力（详见下节）。①

神怪的类别和身份，也是人们喜欢探讨的课题。在袁枚参与的一次聚会中，一个叫万近蓬的人，讲了曾任河南巡抚

---

① 雷祥麟、傅大为发现，沈括（1031—1095）在《梦溪笔谈》一书的"神奇""异事"门中，所选的证人很少是平民，多是士大夫（雷祥麟、傅大为，1993：35），和本书观察不同。这是时代异趋，还是个人差别，有待进一步研究。

的胡宝璂（1694—1763）和一个大头怪交往的事。一位张姓士人立刻说：此怪名唤灵符，乃文昌宫星宿。当年朱熹（1130—1200）注《四书》，就常与之剖析疑义。袁枚问，此事见何书。张答："朱子集中《序》上载其事。"袁遂记下，准备有暇时翻检朱集，"以究其端末"（《续》8《灵符》）。张言纯属子虚，但聚谈鬼神，还要追查史源，实在是郑重其事。同样的情形也出现在《笔记》里：纪父曾讲某人夜半遇怪，听者"或曰'罔两'，或曰当是'主夜神'"。纪昀根据张华（232—300）《博物志》的记载，断定前者近是（《阅》8:45）。舒曼曾说："意在报告实际经验的故事展示的是一种可经协商的现实。"（Amy Shuman，1986：20—21）我们从这些记录中也不难推见，一个故事的面貌，在多大程度上取决于人们的讨论磋商。

同一个故事经由不同渠道和媒介传播，势必出现不同版本。比如，袁枚和纪昀都讲过一个被杀的男童附于罪犯身上，为自己伸冤的事（《子》1《常格诉冤》，《阅》2:7）。但他们的记录不但有详略之分，细节上也有所不同：袁谓杀人者系赵二，被杀童子叫常格；纪云杀人者为常明，被杀者名二格。纪言其父曾亲自参加此案刑讯，袁枚则云得自邸抄。其实，传闻异辞，本属常事。值得注意的倒是，记录人有时会特意指出，哪些是揣测之词。比如袁枚就常说：事中人某，"或云即蔡炳侯方伯也""或云童子即总漕杨清恪公也"(《子》1《蔡书生》、3《鄱阳湖黑鱼精》)。[①]不过他有闻即录，亦难免有失。纪昀《笔记》中有一则讲自己在福建汀州试院所遇异事(《阅》1:30)，主要目的就是纠正袁枚记载的偏差(《子》21《福建试院树神》)。

纪昀显然是从袁枚书中发现，此事在传闻中已经走样，才出面澄清。这提示我们，从口传、书写到出版的媒介改变，不仅意味着一个事件传播范围的扩大，也意味着有更多的人加入一个散漫的讨论群体。对于作者的述说，他们可以否定、批评、修正，也可能给予呼应、赞同——纪昀之于袁枚，就有这两面关系。他既矫正袁枚，也为他提供旁证(《阅》16:3、17:21)。纪昀的读者对他也是一样：翁心存在《笔记》的点评中，就以自己的经历证实，纪昀说泉州试院闹鬼，确有依据(《阅》16:26"翁评")；反过来，对于纪昀叙事里的疏漏，细心的读者也不会轻易放过(《阅》5:45"徐评"、

---

① 　袁枚所谓"或云"，应是实有其人。比如，《续子不语》卷五《飞天夜叉》"先生(引者注：即纪昀)在乌鲁木齐，把总蔡良栋言"云云，实即《笔记》卷五"乌鲁木齐把总蔡良栋言"条(《阅》5:42)。纪昀在转述故事后有一段考证性质的话："考《太平广记》载，老僧见天人追捕飞天夜叉事，夜叉正是一好女。蔡所见你亦其类欤？"袁枚压缩为一句："或曰此飞天夜叉化为女子者也。"不但口气更为肯定，而且将纪名略去，改为"或曰"，仿佛这是他听来而不是抄来的。

33

7:32"徐评"、14:35"徐评"、17:21"徐评")。[①]姚元之（1773—1852）听朋友讲怎样使雄鸡生蛋，立即想到，《阅微草堂笔记》就有类似说法（《阅》16:3），只是自己所见鸡蛋没有纪昀说的那么大（**姚元之，2014：168**）。[②]讲者、听者、作者、读者组成了一个多重的检查网，任何信息都不得不接受它的检验。

一般说来，当我们意识到自己在听一个虚构故事的时候，会暂停理智分析能力，同时打开"直觉或美学的认知能力"，以探索另一种意义的"真理价值"，如道德的寓意［**爱莲心**（Robert E. Allinson），2010：28—29］。但纪昀、袁枚这些读者们的反应显然不一样。他们要正儿八经地（当然也是程度不同地）思索这些故事之真假，判别鬼神之身份，当然不是（至少不完全是）把《子不语》和《笔记》看作无稽之谈，而是把它们当成一种有可能的知识来源对待的。

纪昀本人的认真亦不遑多让。《笔记》全书最后一条，他根据自己的亲身经验，对志怪的真实性问题作了深入反思："张浮槎（引者注：名太复）《秋坪新语》载余家二事，其

---

① 类似的，何体正在《聊斋》的评点中，认为一个讲述道观门神的神异故事（《鹰虎神》）有道士故造伪说以牟利的可能，"须察"（**张友鹤，2013：103**）。

② 有意思的是，纪昀《笔记》此条又是从肯定《子不语》中的类似记载开始的。

一记先兄晴湖（引者注：纪晫，字晴湖，1706—1777）家东楼鬼，其事不虚，但委曲未详耳。"另一件"记余子汝佶（引者注：1743—1786）临殁事，亦不得六七"。张、纪乃世姻，犹"不能无纤毫增减"，何况他人？他由是想到："他人记吾家之事，其异同吾知之，他人不能知也。然则吾记他人家之事，据其所闻，辄为叙述，或虚或实或漏，他人得而知之，吾亦不得知也。"自己只能做到"不失忠厚之意，稍存劝惩之旨"，保证"不颠倒是非""不怀挟恩怨""不描摹才子佳人""不绘画横陈"，却不能保证所言丝毫不差（《阅》24:18）。

纪昀所说，是故事在流传过程中自然发生的版本变易，这是由传播本身的性质决定的，实难避免。但不同的情节也可能是有人刻意渲染加工而成。梁绍壬（1792—？）就讲过他认识的一位见闻广博又谈锋甚健的人：

悬河一开，沛然莫御。但谈至兴酣，则支节往往失脱，如天起怪风，民家七只酱缸，吹过江面；又京师西山开煤，穿穴地道，现已穿至某处，道里分寸不差累黍。此等事并非全属子虚，而自彼述之，则一若躬立其旁，而目睹其事者，情状殊可笑也。又喜说鬼，自言生平凡遇鬼二十余次，而与之相搏者亦累累

35

然，从未有为鬼所败者。方谈此时，摹形绘色，数脚论拳，大声发波，险语破石，正其掀髯得意时也（梁绍壬，2015：81）。

这类夸夸其谈、喜好张大其词之辈，在生活中并不罕见。若仅从真实性角度看，他们当然不是好的讲述人，反而是造成很多失实的源头。然而，值得注意的倒是，梁绍壬也认可，这个不靠谱的人所说的话并非完全无中生有。他所做的只是夸饰，尽管这难免改变事件的性质，但夸饰和虚构仍是不同的两种行为。[1]换言之，就传说本身而论，真伪往往彼此漫延，进入对方边域，造成分界的模糊含混，难以真、伪二字一概而论。当然，这绝不是说真假之间并无界线可言；而纪昀和梁绍壬的评论表明，志怪作者们对此显然不是没有察觉的。

二

上面的讨论似乎给人一个印象：这些故事都是在士大夫圈子里传播的，只能代表读书人的口味。的确，即使出自普通民众的故事，一经纪昀和袁枚之手转述出来，也就不可避免地

---

① 李庆辰在一个狐仙嫁人的故事后也评论说，这类事"世固不少，奇而不奇也。若加以粉饰润色，则不无文人之笔耳"（李庆辰，1990：300）。

染上了士人的情调和视角。①然而这也绝不等于其中的下层文化成分就此消失殆尽。我们仍可从中看到更广阔的社会。明清时期社会流动性很强。一个士大夫的交际范围虽以同一阶层的人为主，获知信息的渠道却是多样的：家眷、亲属、仆隶、邻里，都是他们日常接触的对象；一旦走出家门，踏入茶坊、酒肆、青楼、客栈，各种消息更是自动涌入耳中；大规模的跨地区人口移动，又将地方性的信息网和更大区域的消息网络连在一起。在此情形下，即便一个普通人，也不可能对外界情事一无所知，更何况纪昀和袁枚这样的名士？②

只需稍微留意一下这两本书中故事报告人的身份就可以发现，方士、村媪、佃户、轿夫，都是他们的信息来源；至于故事的主人公，就更是形形色色，各个阶层，无所不包。因此，尽管这些故事不可避免地染有士大夫的情调和视角，但仍保留了不少下层社会文化成分。就像罗伯特·达恩顿（或译罗

---

① 比如这两本书记录的许多科场故事，就反映了士人的关切（Benjamin A. Elman, 2000: 295—370; 廖咸惠, 2004: 41—90）。

② 纪昀说他自幼随父仕宦于外，"六十余年未尝终岁居乡里，姻戚乃不多相闻"（《振斯张公墓志铭》，收在《纪文达公遗集》，纪宝成主编《清代诗文集汇编》第354册，上海：上海古籍出版社，2010年，第428页）。事实上，他有时连亲戚的名姓都想不起来（《阅》4:33、7:33）。但《笔记》中仍有不少发生在其家乡献县的故事，且不乏新闻，比如里人王驴遇鬼一事，就是"仆人沈崇贵之妻，亲闻驴言之"，又传到纪昀耳朵里的（《阅》5:37）。可见纪昀虽不乡居，仍可通过仆人、亲眷等和故乡保持相当密切的联系。

伯·丹屯，Robert Darnton）研究的18世纪中期巴黎的小道消息传播系统一样（**罗伯·丹屯，2011：94**），纪昀和袁枚笔下的这些故事既不完全属于文人学士，也不完全属于下里巴人，而是双方不自觉"合作"的产品。①翁心存曾说："左道惑人"，下层民众"或为所诱"，而"读书明理"的士大夫"亦往往为其所欺"，都是因为受到"妇女仆隶辈"影响，"牵率迷罔"所致（《阅》1:38"翁评"）。这评语对"妇女仆隶辈"是不公平的，但也表明，士大夫接触的文化并不只来自同一个水平层次，而是极为多元的。②

这些故事覆盖的空间也非常广阔。与纪昀同乡、同时而年辈稍长的边连宝（1700—1773）曾有《说鬼行》一诗，描述文人聚谈的情形："浙西老蔡鬼最富，不烦思索缓须臾。……座中燕刘皆北客，不能说鬼但说狐。北方多狐南多鬼，无乃地势

---

① 其实，士大夫对于大众文化的作用是不可或缺的。雅克·勒高夫（Jacques Le Goff，1924—2014）指出：正是通过文人，那些不识文墨者才得以向后人"表述"他们的"自我"（**雅克·勒高夫，2014：404**）。

② 这和近代早期欧洲的情况非常相似［**彼得·伯克，2005：28—35；罗杰·夏蒂埃（Roger Chartier），2015：132**］。金克木也认为，在中国传统社会里，"有文的文化"和"无文的文化"是有交汇的，衙门、宫廷就是交汇点（**金克木，2016：131—146**）。其实，这两种文化最大的交汇点倒不如说是家庭。

使之殊？"（边连宝，2007：60）①袁枚同乡梁绍壬也说：
"北地多狐仙。"（梁绍壬，2015：171）似乎谈鬼说狐还有
地域之别，南人北人各有擅长。然而这也只是大致而言。《子
不语》中狐仙故事发生的地点，就有福建、浙江、云南、江
西（《子》3《狐撞钟》、4《猎户除狐》《严秉珍》、19
《广信狐仙》）等。②其实，边连宝的描述已经提示我们，即
使这些故事最初流行在不同地区，也早已通过人际交流而为其
他地区的人们知晓。至于士大夫的志怪书写传统，则很早就是
全国性质的。

　　士大夫参加科考、做官、为幕，或者只是因为雅好山水，
都有离乡远行的必要。袁枚以好游知名，足迹遍及名山大川；
纪昀则是因为被发配，在新疆待了两年多。见识博洽，下笔自
然不凡：《笔记》收录西北地区的奇闻逸事，《续子不语》
所载各地奇景异观（《续》3《全州兵书匣乃水怪奔云之
骨》、6《动静石》《玉女峰》《庐山禹碑》《飞钟哑钟
妖钟》等），都与作者亲历有关。加上听闻所得，他们笔下的
世界遂远至海外荒岛、北极绝地（《子》21《黑霜》）。

---

　　① 边氏亦是笃信鬼神的人，纪昀就记有他讲的一个素持无鬼论的老
儒死后被鬼揶揄的故事（《阅》4:43）。狐与北方的联系在唐代建立，和唐人
对胡人的想象与认知有关（Xiaofei Kang, 1999: 35—60）。
　　② 韩瑞亚已经注意及此，并认为这是由志怪的出版造成的（韩瑞
亚，2019: 76—79，122）。

这些记述当然不可避免地带有华夏眼光。无论是"妖术"盛行的云、贵（《子》5《藏魂坛》《老妪为妖》），还是"多怪"的海滨（《子》7《霹雳脯》），都仍被视为邪恶危险之地。[①]但实际经验还是会提供（至少部分地）改变偏见、揭示真相的机会。纪昀到新疆后就发现："巴里坤、辟展、乌鲁木齐诸山，皆多狐"，可是"未闻有祟人者"。他推测这是因为当地人皆以捕猎为生，狐狸"不能老寿"，自"不能久而为魅"；或因为"僻在荒徼，人已不知导引炼形术"，狐狸当然不通（《阅》6:18）。无论其解说能否成立，但他明显意识到，对于狐狸作祟之事，当地人有非常不同的经验。又如赵翼听一个友人说，云南普洱有人会变身为虎，并指认孟艮土司叭先捧即其中一位，遂趁公务赴滇之机，专门与此人见了一面，"令其变虎，竟不能"（赵翼，2014：54）。赵翼本欲目睹活人变虎的奇迹，却不料变成一次证伪行动。

大部分鬼怪故事发生在陌生人身上，但如前所述，亲朋好友，乃至作者本人和家人的经历也是一个重要的信息来源，袁枚（《子》2《沭阳洪氏狱》、17《随园琐记》）和纪

---

① 用段义孚（Yi-Fu Tuan）的术语说，边区和阴间本属两种不同的"神话空间"：前者是"经验上已知的、知识上不足的模糊区域"，后者则是"世界观的空间部分"（段义孚，2017：70）。不过，在华夏思维中，尚未开化的边地和鬼怪之间，一直存有密切关联［薛爱华（Edward Hetzel Schafer），2014A：186—228］。

昀都有，后者尤多。纪昀的父亲纪容舒（1685—1764，曾为云南姚安知府，纪昀称之为"姚安公"）也常和人议论灵怪之事，既有自己亲身所历，也有纪氏家族传言。有次纪昀一位堂兄提到，本族两位老辈年轻时读书，有狐女勾引，一个欣然相就，一个视若无睹。纪父表示自己也曾听闻，并补充说："其事在顺治末年"，而那位目不窥园者，"似是族祖雷阳公"（《阅》4:11）。可知此事在纪氏族人中流传已久，成为家族历史的一部分，但也还是像其他鬼故事一样带有模糊性，以至于过了几十年，当事人是谁，就连纪容舒这样热衷谈鬼说怪的老人，也已不能十分确定了。事实上，整个纪氏家族都雅好神怪（**李孝悌**，2007：121、130），连纪昀早夭的长子汝佶也留下了六则志异之作（**吴波等**，2012：1099—1104）。《笔记》列入纪昀自己的灵异经验（**如**《**阅**》9:19、20:17），当然不出人意料。

向读者说明灵异事件的主人公，目击者，讲授者的姓名、身份，以及故事发生的时间、地点，是中国志怪写作的传统，并非袁枚和纪昀那个时代的发明（详见第二章）。很多学者注意到，这个做法可以强化故事真实性。这是不错的，但还不够。它也同时属于舒曼所谓"讲授权"（tellability）的一部分：不是所有人都可以讲某个故事。"当一个故事被质疑为谎言，其挑战不仅是针对事件内容的，也是针对讲述者讲授这个

41

故事的权力，以及讲述性质的。"（Amy Shuman，1986：52）易言之，故事的可信度不只和其内容相关，也和故事讲述者所在的社会关系密不可分。

把这些故事放入一个社会网络中，全面探讨它们引发的反响，已经超出了本书的任务。不过，如果我们把这两本书当作社会史料来爬梳，也不难发现，有一些名不见经传的人物，反复出现在不同故事中，比如赵衣吉（《续》3《罗刹国大荒》、4《头形如桶》、5《鬼气摄物》《程嘉荫》）、前边已经说到的万近蓬（《子》16《杭大宗为寄灵童子》，《续》4《含元殿判官》、8《秀结宜男》《灵符》）、吕道士（《阅》1:31、1:38、12:54）等。赵衣吉与万近蓬都是秀才出身，万氏据说还是经学家杭世骏（1695—1773）的弟子；[①]吕道士则是一个混迹于士大夫圈子中的妖道，一度小有名气（详见第四章）。至于那些真正的无名之辈，若在另一个故事中再次出场，纪昀也不忘记补充一句：此人即前记某事中的某人（《笔记》4:42、12:48）。这些交代将读者本来陌生的人物熟悉化了，同时，通过在几个故事间建立起人物关联，部分建立了一个文本之中的社会交往网络，强化了这些故事在

---

① 梁恭辰（1814—？）的《北东园笔录》卷二有《万近蓬视鬼》条，与《子不语》中《杭大宗为寄童灵子》条内容相同，言万"性好道术，又目能视鬼神"（梁恭辰，1985：4742）。

整体上的可信度。

当然，仅有社会关联也是远远不够的，要使这些人的灵异经验获得理解，它们就需要被放入一个更大的认知系统中。一种知识的权威地位，既是通过社会网络，也是通过知识系统起作用的。

一般说来，时人对幽冥之事多少都有一些必备知识。[①]这些知识通过社区或家庭的渠道在代际承传。例如，有些地区丧礼上有一套仪式，可以加速尸体腐败，防止其转为僵尸［芮马丁（Emily M. Ahern），2014：303］。还有一些常识更为流行。比如若死者胸口尚有暖气，即使已死去三四日之久，家人也不会下殓（《续》9《阴阳山》）。他们会猜想，"死者"只是被阴司唤去短暂地做个证人，或者根本就是阴差捉错了人，一旦搞清，就会回阳。这些常识为人们在生活中应对某些特定情形提供了线索，重要性不言而喻。例如纪昀曾讲到自己一个仆人临终前的怪异之举：

家奴宋遇，病革时忽张目曰："汝兄弟辈来耶？限在何日？"既而自语曰："十八日亦可。"时一讲

---

① 白馥兰（Francesca Bray）已注意到，传统中国"几乎每个人都有些散碎的风水知识"，它们和专家才具有的专门知识并行不悖（白馥兰，2017：64）。

学者馆余家，闻之哂曰："谵语也。"届期果死。又哂曰："偶然耳。"申铁蟾（引者注：申兆定，号铁蟾，以书法名家）方与共食，投箸太息曰："公可谓笃信程朱矣。"（《阅》8:29）

文章意在嘲讽这位不信鬼神之说的讲学者，但对我们来说，更重要的是：宋遇只有几句只言片语，包括讲学者在内的所有人却都已了然于胸。而这又建立在一个流行看法上：濒死之人是可以看到鬼魂的（参看第四章）。

不过，因为幽明悬隔的缘故，在正常情形下，此间要了解彼界，是极其困难的。唐代志怪《冥报记》说："鬼所用物，皆与人异。"比如给神明看的买地券，阅读顺序就与阳世相反，不是从右到左，而是从左到右（韩森，2008：178、169—170）。当然，若万事都是彼此颠倒，倒还容易掌握，但很多情况并不这么简单。仅以名物而言，双方的错位就相当厉害：阴间说的"火炬"就是阳间的纸索，"黄金"是麦草，"白银"即锡锞，"珍珠"则是麦草颗粒。这些差别，搞不清楚，就容易出错（《子》10《卖浆者儿》，《续》2《叶氏姊》）。此外，阴阳之间还存在一个货币换算问题（《子》3《城隍神杀鬼不许为聋》），就更是专门的学问。阴阳两界信息不对称，难免有妖僧恶道"借鬼神为口实"，造作蜚语，倾人家财（《子》1《丰都知县》）。

有关幽冥的信息攸关"送死"乃至"养生"，每一个人和家庭都不能忽视，却又不易获取，便不得不求助于"专业人士"。从《笔记》和《子不语》来看，这些"专业人士"包括：视鬼者、走无常、冥官（这里指的是阳间兼职者，并非冥界的专职官员）、宗教人士（和尚、道士、巫师等）乃至鬼怪本身（包括乩仙、狐仙等）。他们能够突破阴阳之界，一般很少透露冥界信息，但也有兴会所至长篇报道的情形。以下对他们的情况各做一简单介绍。

视鬼者就是可以肉眼见鬼的人。通常认为，人在童幼时期，目光清净，可以见成人所不见。随着年龄增长，嗜欲渐开，这种本领逐渐丧失，但也有人终生有此能力。他们大都是天生的，自己亦"莫知所以然"（《阅》11:38）；但也可以通过特殊饮食或学习某种特定法术后天获得（叶子奇，1997：90；丁柔克，2002：350）。此外，频繁出入阴间，比如江苏丹徒一位姓吴的书生，也因此导致两目变蓝（碧眼是视鬼人的显著特征），白昼见鬼（《子》22《吴生两入阴间》）。

视鬼者历代有之，文献不绝，其中不乏名流，清初理学名臣汤斌（1627—1687）、雍正时做过刑部尚书的张照（号泾南，1691—1745），据说都具此异能（丁柔克，2002：346；阮葵生，2014：181）。与袁枚、纪昀同时代的，除了前边已经提到的胡宝瑔（《子》17《碧眼见鬼》，《续》6《鬼被冲散团合最难》，《阅》13:12、19:3）外，内阁大学士恒兰台（《阅》19:3）、马兰镇总兵爱星阿（《阅》23:26）、扬州八怪之一的罗聘（号两峰，1733—1799）（《子》14《鬼怕冷淡》《鬼避人如人避烟》，《阅》2:24、19:3），都以此知名。其中，胡宝瑔和罗聘名头最响。诗人王友亮（1742—1797）写过一首《后说鬼行》，专门描摹胡宝瑔谈鬼的情形："吾乡胡中丞，碧眼能见鬼。自云所见多，对客谈亹亹。"（王友亮，2018：127）罗聘壮岁所作八幅《鬼趣图》，描画了形形色色的鬼状，先后有150多个名人为之题跋。据他声称，其中形象均是其亲眼所见（蒋宝龄，2015：534；徐珂，2010：3434—3435）。《子不语》和《笔记》都有专条，复述甚至引用他的言论（《阅》19:42），即使有时不免表现出几分怀疑（参考第二章），但基本还是把他当成鬼怪问题的知识权威对待的。蒋士铨曾有句云，罗聘"碧眼燃温犀，万鬼失狡狯。神光掣瞳人，下透转轮界。岂但胡中丞，坐照入幽昧"。此"胡中丞"即胡宝瑔。蒋士铨明确将胡、罗并论，且从其语气看来，胡在当时的名气似乎比罗还要稍过一筹（蒋士铨，2012：1374。又如阮葵生，2014：181；钱泳，2013：406—407）。

见鬼者都是自称，别人无从论断。不过，从记录来看，他们的描述虽略有出入，却大段吻合。包括罗聘、胡宝瑔在内的好几位视鬼者都提到：鬼身材短小，由黑气组成；[1]多于午后出现，到处皆有，尤喜人多之处，却又须小心避人，否则一旦被撞，就立刻散为数段，需要良久才能复合；喜欢聚观笑人，欺软怕硬，等等。这些可以相互对质的证言，使得他们言论的可信度大为提升。纪昀就曾比对胡宝瑔、罗聘和恒兰台的说法，发现仅有详略之别，而大体"相类"，遂颇有信心地宣布："知幽明之理，不过如斯。"（《阅》19:3）

走无常或曰走阴差，是为冥府兼职当差的人，男女皆有。他们通过生魂出窍的方式帮助阴司拿人，事毕回返。纪昀外祖家一位佣妇，就是一位。据她对纪母言，有些人临死之际，阳气依然健旺，鬼卒难以近身，就要请走无常来帮忙。他们是活人，生魂属阴而阳气旺盛，可以制伏强魂（《阅》7:54）。走无常当然也能见鬼，但和视鬼者不同：后者只是旁观，走无常则要介入冥事，而且要出体力（《子》2《鬼借力制凶人》、4《鬼多变苍蝇》）。视鬼者遍布社会各个阶层，走无常便几乎清一色地来自下层民众。另外，视鬼者多系天生，走无常则是被鬼卒强征，不得不为者，有时不免心以为苦（周梦颜，2015：20）。但因为他们都共享了一种知识，有时也

---

① 不过，罗聘《鬼趣图》中有一幅画的是一具骨架，与其通常对人所言有异（葛兆光，2016：12—21）。

会凑在一起交流信息（《阅》11:38）。一个地方可能会有好几个走无常的人，通常也彼此知晓。比如那位丹徒吴生，最初是央求一位"合城皆知其走阴差"的朱长班带他入冥，朱坚决不允，无奈之下，才向其介绍了同行常妈（《子》22《吴生两入阴间》）。

　　如同吴生的例子表明的，走无常者有时会应生人请求，代为处理一些幽冥之事。有人遇到不顺遂的事，比如疾病久治不愈，或对自己的命运感到不解，也可以请他们前往阴司查询，是否因冥报所致（《子》4《鬼多变苍蝇》，《阅》48:12）。热心的走无常，会根据他们知晓的内情，对生人提出道德规劝（《阅》2:2）。更重要的是，他们也会纠正人们的错误认知。比如，民间传言，妇女生育流血不洁，死后将入血污池受罪，须做血盆经忏才能净化。吴生在常妈带领下，于血污池见到自己死去的太太，大为震惊："娘子并未生产，何入此池？"常妈告诉他，血污池并非为生产而设，"入此池者，皆由生平毒虐婢妾之故"，那里的鲜血都是被其殴打的婢妾所流。"生产是人间常事，有何罪过？"（《子》22《吴生两入阴间》）纪昀亦云："闻有走无常者，以血盆经忏有无利益问冥吏。"冥吏答："无是事也。"生育乃"阴阳不息之机"，岂有罪过可言？"尔出入冥司，宜有闻见，血池果在何处，堕血池者果有何人，乃犹疑而问之欤？"走无常返回阳世之后，以此告人，却无人相信。纪昀不由得感慨："积重不返，此之谓矣！"（《阅》9:69）可见，专家之语有时也未必胜过俗情。

这两个例子当然都可以看作托寓，但至少从形式看，它们是通过知识和见闻的方式来传播的（其中也有不一致之处，袁枚认可有一个血污池，纪昀则根本否定其存在），而非单纯的说教。事实上，走无常多为下层民众，虽知其然而不知其所以然。李庆辰曾听一走无常说："人不见鬼，鬼无时不见人。"然而是何道理，却"茫然不解"。李对他说："暗处视明处易，明处视暗处难。"阳界为明，幽界为暗，道理是相同的。走无常"深然其言"（**李庆辰**，1990：143—144）。但也正因他们无知，所说似乎反而更可信赖。[①]比如纪昀就认为他外祖家女佣的话就"颇近理，似非村媪所能臆撰"（《阅》7:54）。纪父闻户佃户何大金言其巧遇祖父之鬼，也说："何大金蠢然一物，必不能伪造斯言。"（《阅》4:26）事实上，细看《笔记》可以发现，被纪昀指为"寓言"的故事（详见第二章），没有一条出自下层人民之口。因而，这两个故事（至少

---

① 因此，并不像陈德鸿所说，在纪昀笔下，仆人、奴婢、戏子、僧尼等仅扮演了讲述者这种不重要的角色（Leo Tak-hung Chan, 1998: 77—78）。

49

《笔记》中的那一个）基本是被当作实录记载的。①

　　读书人也有在冥界兼差的，则是当官。历史上最有名的，当然是日审阳、夜断阴的包公。纪昀认识的人中，某部郎中顾德懋（《阅》2:33、7:7、9:25、13:33、17:3）、重庆知府蔡必昌（《阅》9:3、13:33）等，都号称冥官。他们有时主动向人道及冥司之事（《阅》9:23），有时也会被人咨询，比如朱珪（1731—1807）就曾问蔡，"以佛法忏悔有无利益"（《阅》9:39）。纪昀曾颇为困惑：人死之后，魂归冥籍，然而地球如许广阔，国土众多，其人其鬼皆应多于中土百倍，为何游冥之人"所见皆中土之鬼，无一徼外之鬼耶？"难道各处皆有自己的阎罗王吗？他就此请教顾德懋，不料顾全不能答（《阅》7:7）。大概就是因为这个缘故，纪昀对顾的冥官身份一向不大"深信"。不过他也承认，顾氏有些话亦颇有道理（《阅》2:83、13:33）。

　　宗教人士包括和尚、道士，也包括民间巫师，乃至普通

---

　　① 另一个原因当然也是因为下层民众（尤其是乡村民众）接触鬼神更多，经验更为丰富的缘故。这和阎若璩（1636—1704）所谓"耕问奴、织问婢"的道理是一样的（《尚书古文疏证》，上海：上海古籍出版社，2010年，第411页），都反映出那个时代学者对一手经验的重视。纪昀就据车夫所说曾见土冢幻化人家之事，断定明器（随葬之器）之制，颇有道理："圣人其知此情状乎？"对此，翁心存也随声附和："非圣人不能知真情状。"（《阅》15:30）其实两个人的侧重点有微妙差异。翁重在颂圣，纪则是把车夫的经验当作验证经典的证据。

的方术爱好者。他们为人解说妖异的原理，比如鬼为何要"魇人至死"（《阅》18:10）、鬼怪摄人何以能够"以小容大"（《续》5《鬼气摄物》），有时也教人对付鬼怪的简便办法，比如一位姓娄的真人就常跟人讲，遇鬼之后不要害怕，"总以气吹之"，即能制胜，因为"鬼最畏气，转胜刀棍也"（《子》9《治鬼二妙》）；赵衣吉告人，水鬼皆带羊骚气，而最怕"嚣"字，故人在舟中若闻到羊骚气，"急写一'嚣'字"，即可避害（《子》9《水鬼畏嚣字》）。大部分情况下，他们都可利用自己的知识和技术，为人排忧解难（参看第四章），但也有例外：有位道行高深的和尚被人请去降妖，却发现这是一桩积怨两百余年之久的冤业，自己无力解决（《子》5《影光书楼事》）。①

最后是鬼怪本身。有鬼自言，生时常听人说，雷神"旋生旋化"，死后方知不确，"恨不能以所闻见再质先生"（《阅》18:12）。此时他亲入幽冥，见闻真确，当然要比生人的臆测权威得多。同理，由瘟鬼亲自口述的避瘟药方，更是灵应如响（《子》7《瘟鬼》）。在这些鬼专家中，常跟文人打交道的乩仙占了很大比例——他们虽号称为"仙"，其实多是"灵鬼"（《阅》4:2）。比如一位自称宋末进士的娄

---

① 这两本书中，有多位道士、法师宣布，妖魅可以降服，前生冤孽难以驱除（《子》13《张忆娘》、14《狐鬼入腹》、18《蓬头鬼》）。

子春，就讲过各种轮回方式，其中说，由雷击而死者，来生将化为蚯蚓，袁枚联想到谭峭《化书》中一段话，可以与之相印证，以为其言"有所本"（《子》8《鬼攀日线才能托生》）。浙江严州一位失足落水而死的秀才，则附于扶乩人身上，大谈鬼界种种情状（《续》3《吹铜龙送枉死魂锅上有守饭童子》）。一位陈真人也在乩坛上对众人谈过许多鬼怪知识（《续》4《帝流浆》）。

有关狐仙的系统信息，大都也来自他们自己。一位狐仙主动向直隶巡抚赵弘燮（1656—1722）介绍修仙程序（《子》1《狐生员劝人修仙》），另一位被问及醉后何以不现原形，向人解释说，狐仙道力有深浅不同（《阅》12:35）。才子刘师退鉴于世人说狐，纷纭各异，难辨是非，专门向一位狐仙请教真相；此狐也举实相告，并不讳恶（《阅》10:36）。一位狐女因欲借助晚明高士董天士之名自抬身价，向其坦白，有五种人最受狐界畏敬（《阅》21:13）。一只偷人鼻息修行的黑狐，被人擒获，为求脱身，对人详细交代了不同的修仙方法及其效果（《阅》18:35）。这都是自道家世。在有些情形下，他们也会向人透露其他物怪的情况（《阅》15:43），正如乩仙也会说到狐界的内幕一样（《续》4《帝流浆》）。

以上这几种人共同组成了一个跨越社会阶层的专业系统。从他们各自承担的功能看，其中又可细分四类：第一类是视鬼者，他们是幽冥的观察员；第二类是走无常和冥官，他们是在冥间兼职的雇员，首先服从阴司指示，有时也为人提供适当帮助；第三类是和尚、道士、巫师、神觋，他们是以自己的知识和技术服务于人间的专业人士；最后一类则是鬼怪本身，作为视鬼者的观摩对象，他们和视鬼者彼此相对。若从结构主义立场看，我们还可以再把这四类人分为两组：第一类和第四类是一组，他们在角色上分别对应着阳间和阴界，其共同点是，只解释世界而不改造世界。第二类和第三类是一组，他们都掌握了"改造"世界的技术，以分别满足阴、阳两界的需要。每一组内部存在着一种对比关系（在阴阳的意义上），这两组之间也存在另一种对比关系（解释世界与改造世界）。这样，无论是角色还是功能，这四类明显互补的人群，就组成了一个相当完备的专家团队。

当然，他们的知识并非垄断性的，人们完全可以从其他渠道获知幽冥信息。但是，这几类专家提供的知识最为系统，因为是一手材料，也最受时人看重。和前边所说通过与当事人的私人关系建立的"讲授权"不同，这些专家对灵异知识的权威地位由整个社会背书，而纪昀和袁枚这样的士人领袖在其中的加持作用，无疑不可小视。

第二章　在疑信之间

对一个志怪作者来说，要证明自己的作品不只为了消遣，亦有相当正面的意义，似乎是避不开的义务。通常说来，可供选择的手段是有限的，除了援引《易经》《左传》，证明圣人并非真的不言神怪；或借口"妄言妄听"，以为塞责之外，主要就只有两种辩护方向，一是道德，一是知识（Leo Tak-hung Chan，1998：19—24）。所谓道德辩护，就是强调这些故事在荒诞外表下，掩盖着淳化风俗的目标。用过去人常言，即是"神道设教"。利用神怪之说，以达教化的效果，当然是极正当的。所谓知识辩护，则是强调博学的价值。"一物不知，儒者之耻"，有关鬼怪的知识也为君子所不弃。不过，这两种辩护有时又互有冲突：若说神道设教是从功能立场出发，优先考虑道德关怀，而将事实的真伪放在第二位的话，那它也很可能暗示，事件本身是假的。①

这两部书也的确有些在今人看来纯属寓言的故事。②作者有时甚至出言警告：此事"未必真有"，读者"不必刻舟求剑"（《阅》18:7）。有一次，纪昀听李玉典讲了两件事，认为第一个虽有叙述漏洞，却"为理所宜有，固不必以子虚乌有视之"；而对第二个故事，尽管李号称是听名诗人法坤厚（字黄裳，1704—1765）所说，纪还是断定：此系法氏"寓言"（《阅》5:24）。他以为，"文士掉弄笔墨"，借谈仙说怪以为"比喻"，倒也无可厚非；若是"纯构虚词，宛如实事，指其时地，撰以姓名"，那就"悖妄之甚矣"（《阅》22:7）。可见，至少对纪昀来说，即便是志怪，也有区分寓言、虚构与指实的必要（尽管实际很难做到）。

这也是纪昀批评《聊斋志异》乃是"才子之笔"，而非"著书者之笔"的原因。在他看来，蒲松龄混淆了"小说"与"传记"两种文体（注意这两个词的意思均与今日所说不同）。小说"述见闻，属叙事"，当然不能穷形尽相，"随意

---

① 《子不语》就有以"神道设教"代指故弄玄虚的例子（《子》14《科场二则》）。

② 这些寓言同样既有道德取向的[包括对贪官及各种弄权者的批判（《子》2《不倒翁》，《阅》6:2）]，也有知识取向的[多见于《笔记》，基本以嘲讽宋学家为主（如《阅》1:21、2:3、7:43等）]。当然也有一些寓言，与道德、知识都无关，只是涉及个人性格或品位而已[比如袁枚嘲弄一位读书人"迂腐可憎"，以至于群鬼闻其名号，都纷纷避之不及（《子》6《冷秋江》）]。

装点"。而《聊斋》于"燕昵之词，媟狎之态，细微曲折，摹绘如生"，不能不让人起疑：若是故事中人自道，"似无此理"；若是作者设辞，作者又"何从而闻见之"（《阅》18：盛［时彦］跋）？至于"寓言"，他以为"偶一为之，以资惩劝，亦无所不可"；但不能累牍连篇，否则即"非著书之体矣"（《阅》22：18）。他自己的认同何在，不言而喻。

中国古典小说本有借用历史事实的外壳以"形成作品的似真感"的传统，志怪亦然。在其初起的六朝时期（222—589），作者和读者中都有把它看作史书的（王德威，2017：299；胡宝国，2003：54—55；逯耀东，2006：155—177）。纪昀强调小说就是记述自己的见闻，即是承继了这个传统。李庆辰写《醉茶志怪》，号称"随时随地，闻则记之"，又说："信以传信。"（李庆辰，1990："自叙"2）怎样理解他们的意思？下面的例子或可提供一点启发。《子不语》曾记：河南某科乡试，明末名妓李香君（1624—1653）现身于同考官杨潮观（1712—1791）梦中，为老情人侯方域（字朝宗，1618—1655）的后人请托。"杨自以得见香君，夸于人前，以为奇事。"（《子》3《李香君荐卷》）未料是书刊行，被袁称为"吾友"的杨潮观以为此条有损自己清誉，致函袁枚，厉声呵责。袁则针锋相对，辩称："凡仆所载，皆足下告我之语；不然，仆不与足下同梦，何从

56

知此一重公案耶？"其他"亦君所说，非我臆造"（**袁枚，1997：135—139**）。袁枚所辩，不在香君托梦一事之有无，而在于其是否出自杨氏之口。①联系纪昀在《笔记》末尾的声明（参见第一章），或可使人悟到：志怪所"传"之"信"，不在其"事"之信，而是其"言"之信。记录者的目的是忠实自己的闻见（这正是"志怪"的本来意图），而不负责事件本身的真伪。

这也符合时人对小说知识性的理解。小说的形象在中国本与博学有关。尤侗（1618—1704）道：写小说，必得见多识广的"博物君子"才写得好。不过，纪昀主撰的《四库总目》注意到，郭璞（276—324）注《尔雅》，凡事涉怪异，一概不言；注《穆天子传》，则"颇引志怪"："盖释经不敢不谨严，而释杂书则务矜博洽故也。"（**尤侗，2006：3；永瑢等，2003：1205**）他在《笔记》中强调"诂经有体，不能如小说琐记"（《阅》9:68），也是同样意思。"博洽"只是知道得多，"谨严"则需裁断。虽然同属"道问学"，却是两种

---

① 袁枚讲过两条蒋士铨的奇遇（《子》9《蒋太史》、12《吾头岂白斫者》），都可以在蒋氏自编年谱中找到印证（**蒋士铨，2012：2478—2479、2477**）。由此旁证来看，袁应是大体忠实于其见闻的。

不同的素养。①无疑，志怪是被放在前一范畴中的。

然而，志怪作者是否真的可以对事实本身存在与否不加理会，只需保证自己见识广博，有闻必录，并无捏造即可？据前所述，其实不然。事件之虚实，仍在其考虑范围内。本章要更详细地分析时人对怪异传言的态度。借用保罗·韦纳的有名一问：他们相信他们讲的故事吗（保罗·韦纳，2014）？又是哪些具体因素使得人们认为某个故事可信或可疑？

一

一个人面对奇闻逸事，或信或疑，是两种基本态度。但在它们之外，也还存在其他可能，而且事实上更为普遍。对清代志怪作者来说，就有两种传统思路可供选择：一是存而不论，一是将信将疑。存而不论，是跳出疑和信两个范畴之外想问题；将信将疑，则是将疑和信的成分不同程度地混杂起来。不过，它们都是因为论者面对各种相异乃至相悖的证据，难以决断造成的。二者的差别仅仅在于：就此放弃讨论这个话题，还

---

① 在嘉道时期的直隶士人王棻华看来，"多闻强识"者以"博物"相尚，不免有因"夸张学问"而 "妄言毁圣"的危险（王棻华，2017：48）。他主要从宋学立场出发，但区分"博学"和"正确"两种不同素质，与纪昀是一样的。

是保留继续探索的可能。然而其间的差别过于微妙，以至在具体实践中，我们很难清晰划定二者的分野。

存而不论，语出《庄子·齐物论》："六合之外，君子存而不论。"与《论语·述而》篇所说"子不语怪力乱神"意思相似，而后者更权威。此外，《荀子·天论》篇也称："万物之怪，书不说。"重点都落在几个否定性字眼上："不论""不语""不说"。"不说"，未必其事"不真"，然而也未必"不假"，只是不加判断，把真实与否的问题挂起来。

这种态度或被认为"不可知论"。这当然并非全无道理。明人王鏊（1450—1524）就说，鬼神、神仙、善恶报应三事，都是"恍惚不可知"的："谓之有，则平生未之见；谓之无，则古今所传，奇踪异迹，不可胜纪。"（王鏊，2014：64）然而他所谓"不可知"，其实是难以论断，故只有先悬置起来。相对说来，洪亮吉的态度似乎倒更接近"不可知论"一些。在他看来，人的智能总有穷尽，与其凭空驰想，不如正视自己的局限，此所谓"安之者圣，强之者愚"（洪亮吉，2001：269—270）。类似的，程瑶田（1725—1814）虽肯定"天命"的存在，但因其"难知"，亦主张"不语"（程瑶田，2008：127）。他们的重点是要回答：对于那些不可知的东西，我们该怎么办？但必须指出的是，他们的"不可知"，也只是针对世界的局部，并没有认为整个世界从根底处就是完全超出人的理解力的。

纪昀也主张："'六合之外，圣人存而不论'。然六合之中，实亦有不能论者。"鬼神、回煞（详见下文）、蛊毒、魔魅，皆属此类。既然"鬼神之故，有可知有不可知"，则"存而不论可矣"。对此，其师李又聃引用"君子于其所不知，盖阙如也"（出自《论语·子路》）一语，表示赞同（《阅》4:36、8:13）。不过，在纪昀那里，存而不论又和另一个解释相关，那就是："天下事何所不有？儒生论其常耳。"（《阅》1:41）这个态度"政治正确"，也是纪昀的晚辈同乡王棻华秉持的："君子论世，道其常，不道其变。何则？变者非常，不足据也。"（王棻华，2017：49）

这几种说法，于灵怪之有无，态度有着微妙差别。王鏊和洪亮吉全是从人的角度出发，落在知识论上；纪昀和王棻华则都预设，君子之所不道者，其实也是世界的一部分。因此，从实存角度看，有两种不同的存而不论："存"，对有些人来说，是"存疑"之存；对另一些人来说，是"存在"之存。但存在固然是"有"，存疑也未必一定就"无"（请注意怀疑和没有的区别）。所以"不论"并不代表否定。

在实践中如何落实存而不论？王棻华引用孔子"敬鬼神而远之"（《论语·雍也》）一语，以为"鬼神之事，不可言无，不可言有"；孔子也只是"不言"，但"究未尝斥为必无之理"，故世人"姑置弗道可也"（王棽华，2017：65—66）。"不可言无，不可言有"，然而究竟还是倾向于"有"。纪昀也赞同敬而远之的态度，强调其中含有"敬"和"远"两面："肴酒必丰"，是"敬"；"无所祈请"，是"远"。外此，无论"谄渎"还是"傲侮"，俱不足为训（《阅》18:25）。

纪昀热衷于谈鬼说狐，当然不好说"不论"，但他在福建汀州试院，坚持不肯主动拜谒传闻中的树神，待到树神现身拱揖，亦趋之答礼（《阅》1:30），倒真奉行了敬而远之的原则。这态度有其家传的影响。据纪昀说，其家后园有狐仙居住，已五十余年。其父"以不闻不见处之"，彼此相安，"绝无他异"（《阅》3:6）。纪容舒的老师王德庵曾遇一狐，虽"读书知礼"，王仍以"幽明异路"为词，拒绝相见，狐仙亦以为是（《阅》13:53）。同样，以《易》学知名的王之锐（字仲颖，1675—1753）夜半遇鬼，责之以"幽明异路之理"，却被鬼反唇相讥，人不应夜出。王将此事告知门人，门人惜其未询以"冥司之说为妄为真"。王正色道："是又人与鬼狎矣，何幽明异路之云乎？"（《阅》15:18）正统儒家观念有"妖由人兴"一说（《阅》1:5、6:21、8:49、11:34、16:28），认为人鬼的纠缠多因人起，敬而远之，是最好的办法。因此，体面人家多半不愿和怪诞物事发生瓜葛。常熟一户姓蒋的官宦人家，死去的女儿借尸还魂，被送回家，"蒋府恐事涉怪诞"，不肯接收（《子》18《蒋金娥》），即是一例。

存而不论，有时也和神道设教的立场有关。一件事情存在多种解释的可能，关注人伦教化的人可能会优先选择更具道德价值的一种。比如，纪昀一位仆人曾在乱山中迷路，"自分必死"。偶遇伏尸，将其掩埋后默祷："我埋君骨，君有灵，其导我马行。"信马由缰，竟然得出。纪昀和哈密游击徐某谈起此事，谓："此不知鬼果有灵，导之以出；或神以一念之善，佑之使出；抑偶然侥幸而得出？"徐道："吾宁归功于鬼神，为掩骴埋骼者劝也。"（《阅》6:41）徐氏首先关注的是，如何维护一个合乎道义的宇宙秩序，至于事情的真相如何，似乎并不在其考虑范围内。

对于官方来说，面对疑案，尤其是疑似有神怪之力介入的案件，存而不论是最佳选择（更多的例子，参考下节）。比如，献县双塔村一寺庙，有二僧二道同夜被杀，县令找不到任何线索，且因"事出情理之外"，苦思不得其解，只有归为冥报："吾能鞠人，不能鞠鬼。人无可鞠，惟当以疑案结耳。"另一位县令应晟也同意他的做法："遇此等事，当以不解解之。一作聪明，则决裂百出矣。"（《阅》5:45）纪又引其门人汪辉祖（1730—1807）《佐治药言》中弟殴兄致死一案，官方虽已破获，且反复推勘，以为无误。但主事者正拟判牒，却

62

于恍惚间见有白须老人示异，始悟其家四世单传，至其父方有两子，其一已死，其一又将伏辜，则其家将绝嗣；如何兼顾国法、人情，反复思忖，终无善策，只有以存疑了结。这正是典型的不知则阙如。阙如，一是出于谨慎，二是如同纪昀所说，"存以待明理者之论定"（《阅》10:20），是个开放的态度。

将信将疑则好比一个人同时身受两种敌对力道牵引，徘徊其间，无以抉择，有时虽朝某个方向多走几步，仍难打破两造平衡。纪昀对"回煞说"的探讨或可作为例子。回煞，是说人死后若干日（一说是七日，一说需推算），灵魂将返家一探，见则有殃。故是时包括至亲在内的家人皆须外出回避，而死者会留下一些痕迹，据此可知他们曾经回来过。[1]纪昀在《滦阳消夏录》中，讲到一位王姓表叔，家人全体出外避煞，两个小偷不约而同伪装煞神光顾，相遇之下，彼此皆以为对方是真煞神，"悸而失魂，对仆于地"，天明被人发现，扭送官府。纪昀认为，据此来看，回煞一说当为虚妄；可是他又不止一次亲眼见到回煞所留"形迹"，不知该如何论定（《阅》5:32、4:36）。在不久后所写的《如是我闻》中，他再次回到这个话题：家奴孙文举、宋文都号称可以预算回煞时间，但找到他

---

[1] 关于"回煞"的文献很多，南北风俗亦有不同。此处所述，系综合各种文献而成（《子》1《煞神受枷》、9《江轶林》；李庆辰，1990：439—440；姚元之，2014：157；李颙，1996：287）。

们的书来看，不过就是按照月日推算而已，"别无奇奥"。其书又称，若房小"无地避煞"，可用法术将鬼魂镇压室中，叫作"斩殃"，纪以为其"尤为荒诞"。但他不能不承认：其家奴宋遇的妻子死后，宋曾"召巫斩殃，迄今所居室中，夜恒作响，小儿女亦多见其形"，则"似又不尽诬矣"。最后仍只能以"天地之大，何所不有？幽明之理莫得而穷，不必曲为之词，亦不必力攻其说"作结（《阅》7:6）。

另一个稍不同的例子是他对凶宅的看法。纪先引用钱维城（1720—1772）的议论：为官处世，看的是政绩德行；天道祸福，不因风水而定。纪昀称赞道，这番譬喻，即使堪舆行家，"亦无可置辩"。可是接着就笔锋一转："然所见实有凶宅。"底下点出京城四处宅院，说自己就曾多次前往行吊，"此又何理欤"？最后，他引用刘统勋（1698—1773）的说法："卜地见《书》，卜日见《礼》。苟无吉凶，圣人何卜？但恐非今术士所知耳。"许为"持平之论"（**《阅》1:44；刘语又见《阅》8:55**）。其实，钱对风水说的批评是在道理层面，不在事实层面；今不如古，并不能回答钱的质难。然而，纪对刘语大加赞赏，实因刘肯定凶宅之论，更接近纪氏本人之意。但话说回来，即使心存成见，纪昀也没有回避反面的论说——把刘统勋的话推为至理名言，正体现出他多么急切地想找到一个可以回应钱说的答案。

王棻华也遇到过类似困惑：他相信有鬼存在，但不信鬼会叫，以为那都是"好事者"的编造。因为鬼既无实质，声音又"从何而出？"可是某夜他曾亲闻怪音，"似鸡鸣，而声直且长，又如驿马避传，而声细而悲"。第二天早晨上街，才听人说，昨夜街坊谢老在上吊死了，"鬼鸣可畏"，更有人被其声冲倒在地。这不由得让王棻华推想：谢老在本系故家子弟，而潦倒沦落，贫病交加，"或其怨气不散，故有声欤？"但他认为，仍不能排除有人故意造谣的可能。思来想去，终觉"疑信相参"（王棻华，2017：72）。

将信将疑，在民间俗语中还有一个对应说法，叫作"不可不信，不可全信"。[①]这话直到今天仍非常流行。从逻辑上看，它完全是自相矛盾，但面对生活中层出不穷的暧昧不明，这是极正常其实也更理智的心理反应：如果无法获得更为切实的证据，"既信又不信"的模棱两可，岂非比"或信或不信"的一元选择更为可取？田海曾发现：面对流言，"即使是同一个人，在不同的情境下也会采取不同的态度"（田海，2017：222）。而从纪昀等人的表现中，还可将此结论再前推

---

① 这句俗语何时出现，尚待考察。不过，生活在明万历年间的杨尔曾在《韩湘子全传》一书中，讲到对法术的看法，已用到此言（杨尔曾，2007：214）。单看"不可全不信"或"不可全信"一类表述，还可再往前追。但是，将"不可不信"与"不可全（不）信"捉在一处，和单讲"不可全信"，逻辑上也许无甚大异，语义色彩就显著不同，调和、折中的意味要鲜明许多。

一步：即使同一个人，在同一情境下，也会同时采取两种截然异趣的态度。

除了这两种常见的心态，还有一种看法也值得一提。《笔记》中有一条，试图解释咒术为何（有时）会是灵验的。纪昀将其归结为万物相感的结果："大抵精神所聚，气机应之；气机所感，鬼神通之，所谓至诚则金石为开也。笃信之则诚，诚则必动；姑试之则不诚，不诚则不动。"（《阅》12:27）这种通常被称作"信则有"或"信则灵"的主张，在思想资源上受到好几种不同观念的影响：既有佛教的境由心造说，又秉承了（如同纪昀这里表明的）中国本土的气化感应论，同时也和儒家对人的主体性地位的强调分不开。①不过，纪昀并没有认为，整个幽冥世界都建立在人的信念基础上，他讨论的只是一种局部性现象。同样的理论也曾被袁枚用来解释梦中的感应。但和纪昀不同的是，他明确指出，此中并无鬼神的存在，只有"心"的作用（袁枚，2014：1657）。

我们不止一次看到，纪昀是怎样从"天下何所不有"的命题中汲取信念，断定幽冥世界之实存的——这也是其时鬼神拥护者普遍接受的理由（与之相配套的一个观念是：我们不能

---

① 信则灵式的思维方式，在欧洲也可以看到。17世纪意大利的一个巫师就对他朋友说："知道你为什么没有被人家施巫术吗？那是因为你不相信巫术。"（卡洛·金斯伯格，2005：232）

以眼前所见即为世界全体，一个人没有看到灵异，不等于它就不存在）。比如徐时栋就说，"实有之事"已经足够"千奇百怪"，写出之后"自然惊人"，为何有人还要虚构？（《阅》22:18"徐评"）不能不令人想起吕西安·费弗尔（Lucien Febvre，1878—1956）笔下16世纪的法国："当时没有任何人会意识到有什么事是不可能的，大家都没有'不可能'这个概念。"因为"不可能"的概念，建立在不可抗拒的"规律"概念基础上（**吕西安·费弗尔**，2012：586—587）。

不过，相信凡事皆有可能，并不等于纪昀就毫无批判精神：将信将疑，是既有信，又有疑。纪昀不止一次揭露过装神弄鬼的骗局（《阅》3:4、3:22、4:37、9:54），也屡次警告士大夫，小心因过于好奇而上当受骗（《阅》3:5、8:53）。他曾通过实地调查，认定承德双塔峰上有神仙居住，可是对峰下关帝庙中住持所说寺内所供石佛乃自峰上所坠之言，则坚决不信（《阅》19:17）。罗聘的《鬼趣图》"中有一鬼，首大于身几十倍"，他以为"尤似幻妄"，直到其父讲了一桩类似事件，他才表示信从（参看第一章），然而仍心存一丝疑虑："茫茫昧昧，吾乌乎质之"（《阅》2:24），流露出进一步追问的可能。对于八字算命之法，他尝"以闻见最确者，反复深思"，期以发现是否有验、出入若干（《阅》2:1）。乾隆戊子（1768）夏，北京有飞虫伤人的传闻，纪昀还曾看到飞虫图样，有人指称，此即为可以含沙射影的短蜮，但他认为，此虫与短蜮习性不合。第二年被发配新疆，他惊讶地发现，画上所画者，其实是鄯善的巴腊虫（《阅》4:20）。诸如此类，都可以见出他面对奇闻异论时，态度谨严的一面。[1]因此，纪昀对鬼狐之说的信仰，乃是经过批判性反思之后的信仰，绝非不假思索、人云亦云的信仰。

显然，肯定天下无奇不有，完全可以和审慎的怀疑相兼容。前边引用过的"理所宜有"一词，将这层意思表达得更清楚：理所宜有，是说某件事"应该有"，并不代表"一定有"；而同意某一类事实的存在，也不意味着就认可了其下每一个案。[2]袁枚曾据一位姓郑的猎户所言，驳斥为虎作伥、虎能禹步的传说只是"推测之词"，但袁仍认定有伥鬼存在，还讲了一套怎样破除之法（《续》7《猎户说虎》）。王应奎（1732—?）则提出："雀入大水化为蛤，雉入大海化为蜃"，不是说蛤、蜃皆是雀、雉所化，"特雀、雉所化者，亦有之耳"。同理，我们不能说轮回"必无"，也不能说其"必有"（王应奎，2012：13）。这提醒我们，信与疑可能同时

---

[1]　袁枚主要关注故事本身，很少表露自己的看法，不过，揭露骗术的条目，在其著作中也不少见（《子》2《炼丹道士》、3《道士取葫芦》、6《徐先生》等）。

[2]　在另一处，纪昀明确将"天地之大，何所不有"和"于理当有之"的判断连贯起来（《阅》19:13）。

并存于不同层面——在"类别"的意义上是一回事,针对某一"具体"事件,又是一回事。根据布里吉斯(Robin Briggs)的研究,近代早期的欧洲人"对于巫术的现实的相信",是与"关于个案的谨慎的怀疑论相结合的"(**罗宾·布里吉斯,2005:390**)。正可与此处所言相互印证。

信和疑的差别,也和事件距离人们的远近有关。保罗·韦纳说,古希腊人把神话看作"史前史",它只是说明人类过去曾经"有个奇事的时代,那是另一个世界"。神话"对那个时代而言"是现实的,"对我们而言则并不现实"(**保罗·韦纳,2014:66**)。可是鬼故事不一样,它就发生在当代、不久之前,甚至就在人们周边。是耶非耶,一个人必须做出判断。某人被召做阴官,是清人熟知的故事主题,可是一旦听到自家人说,他们在梦中接到类似通知,不免还是"疑信参半"(**《子》14《杨四佐领》、15《裘文达公为水神》**);更有被同事当成"狂易之疾",甚或以为是故意装神弄鬼的(**《子》14《童其澜》**)。其实,不信者未必是不相信有人可以被召为阴官,只是不相信这种事会发生在自己身边罢了(这距离可能是时间意义上的,也可能是空间意义上的)。

其三,采取哪一种态度,也可能与理论和实践的差异有关。屠隆曾讥讽明代的"儒者":"持论绝无鬼神,见怪形而惊怖;平居力诋仙佛,遇疾病而修斋。"他自己信神又信佛，当然以为这种表里不一极为"可笑"（杨坚江，2011：389）。但这心态并非明人所特有。韩森（Valerie Hansen）就注意到："在宋代，许多人上庙求神，是将它看作最后一线希望，他们对神有否感应并无把握。只要有一丝成功的可能，就有理由到某个祠庙去许愿祈祷。"实际上，"对于身陷绝境、别无选择的人来说，并不需要很高的成功率来说服他们求神可能有用"（韩森，2016：48—49）。保罗·韦纳则告诉我们：在古罗马，即使是虔信神灵者，"也只是在他求医问药和祈求旅途平安时，才会相信"。然而在那一刻，对他们来说，神灵的确就"变得真实起来"（保罗·韦纳，2013：55）。

由于灵异事件往往是"忽灵忽不灵"或"半验半不验"的（《子》23《梦中事只灵一半》，《阅》2:1），故从实用立场看，宋元以来通俗文艺作品中常常可以看到的"宁可信其有，不可信其无"，[1]比一口咬定鬼神必无，就显得更加理性，因此也更加流行。[2]纪家在沧州的一处庄园中有堆老柴

---

[1]　宋《京本通俗小说·拗相公》、元杂剧《叮叮当当盆儿鬼杂剧》中都使用了这句话（刘益国，1998：272）。

[2]　这种思路同样可以在那一时期的西方找到。帕斯卡尔（Blaise Pascal, 1623—1662）就是用这种方式证明：上帝是否存在，这是一场"不得不赌"的赌博，结果是，信仰上帝要比不信好（帕斯卡尔，1995：111—113）。岳永逸在当代中国民间宗教生活中，亦观察到同类现象。他将之称为"矛盾涵盖关系"：实际结果中灵验和不灵的"对立"，被求助者和神职人员心理上的灵验蕲向"涵盖"了（岳永逸，2014：154）。

埵，"土人谓中有灵怪，犯之多致灾祸，有疾病祷之抑或验，莫敢撷一茎，拈一叶也"（《阅》11:53）。其实，"或验"即是"或不验"，然而，"信其无"就可能会冒触怒神灵的风险，通常人当然不愿尝试。这是一种实践性知识，和理论上的认定可以是相同的，也可以是相异的。更何况，马克·布洛赫（Marc Bloch，1886—1944）早就指出，对期盼奇迹的人来说，灵验的失效并不会阻挠他们的信念（马克·布洛赫，2018：382—383）。在这里，我们又一次看到跨越遥远文化边界的人性的共同之处。

第四个因素涉及幽冥的内部区分。先看几个例子：一个天生神力的武生将一条碌碡架在树上，被误认树神所为，遂有人"朝夕敬礼"，居然"有求必应"，香火鼎盛。后来才知是有鬼假托，"以图血食"（《子》23《碌碡作怪》）。沧州一女巫自称狐神附体，"言人休咎，凡人家细务，一一周知"，实是令其徒党四处刺探所得。不料一日被真正的狐仙附体，揭破其阴谋（《阅》4:37）。这两个例子都揭露神迹的虚妄，然而也同时肯定了鬼、狐的真实。[①]一位素不信鬼的老儒正在高谈无鬼论，忽闻墙隅有声："鬼即在此，夜当拜谒，幸勿以砚

---

① 纪昀言，志怪小说往往出现能作诗文的"异物"，其实只有鬼与狐可信。因为鬼本来就是人，而"狐近于人也"；其他草木禽兽，乃至苍蝇、草荐都能作诗，"即属寓言，亦不应荒诞至此"（《阅》7:62）。

见击。"老儒当时默然,后与人道:"鬼无白昼对语理,此必狐也。吾德恐不足胜妖,是以避之。"(《阅》5:21)则是主张无鬼而有狐。纪昀当然是有鬼论者,但他认为,人死则形神离散,不可能再有知觉运动,故世人所言僵尸,应是"邪物凭之"所致(《阅》10:53)。[①]李庆辰则怀疑鬼魅可以致祟,而将之归结为工匠施行的"妖术"(**李庆辰,1990:494**)。

这同样不只是志怪的特征。洪亮吉曾有专文讨论鬼神问题,指出:三代时所谓神鬼,并非后世所谓神鬼。那时的神,指的是"山川社稷之各有司存";鬼,指的是"高曾祖考"。后世之神鬼,可以杀人降祟的,则只能叫作"怪","不可言神,不可言鬼"。世人所见"山川社稷风云雷雨之神、高曾祖考之鬼",其实亦都是假托名号"以求食"者,绝非真神真鬼。而即使三代鬼神,也并非实体,只是人对神、对鬼的敬畏、爱慕之心。天清地浊,俱是一气所化;人死后精气归天,形质归地;无所谓神,无所谓鬼(**洪亮吉,2001:18—20**)。然则在洪亮吉这里,鬼、神皆伪,"怪"却是真的。同样,力攻佛教、以为轮回地狱之说"诞而难信"的钱大昕(1728—1804)一边指出古传之神树"皆虚诞不足信",另一

---

① 纪昀笃信狐仙鬼魅,将很多现象都归结为它们的作用。他甚至认为,汉武帝时,方士为武帝召致李夫人魂魄事,"恐亦是摄召精魅,作是幻形也"(《阅》12:55)。

面也说："社树岁久，或能为祟。愚民无知而祠之，闽、粤间此风尤盛"，然而"三代以前无此等淫祀也"（钱大昕，1989：120）。可是，树久为祟与神树之说，又有几分区别？[①]

在这些例子中，一个人对某一类灵异事相的怀疑乃至否定，并不妨碍他对另一类灵异的支持；反过来，一桩事件得到证实，也不等于另一桩事件就可连带接受（虽然它们常常被连带提起，参见第一章）。也就是说，对于非常、怪异之论，他们绝非照单全收。哪些东西是可能的，哪些东西绝不可信，他们自有选择（尽管并不存在一个为所有人接受的统一标准）。其次，"怪力乱神"并不能被混同为一个没有差别的整体。用一个特定概念（无论是"幽冥"还是"迷信"）将所有现象笼统打包，跟他们的实际信仰颇有距离。[②]保罗·普吕瑟曾批评那些喜欢用"贫乏的伪科学式论证来支持他们的神迹信仰"的人，是犯了"范畴混淆"的错误（保罗·普吕瑟，2014：176—177）。然而，这个批评并不相干：他们不是混淆了不同的范畴，只是他们的分类方式和普吕瑟的（及今天科学所认定的）不同而已。

[①] 人死后为神之说，在钱大昕为人所作墓志、传记等较为"正式"的文献中，屡见不一见，其中甚至包括他为自己父亲写的行状（钱大昕，1989：860、876—877）。

[②] 这绝非否认这些现象间的共通性。事实上，为了表述方便，他们自己也使用一些类似的概念。

还有一种，发生在自觉和不自觉之间：袁枚号称绝不信佛，亦不许家人奉佛，自言曾脚踢观音像、剥去肉身菩萨衣彩十三层，以验其真伪（《子》19《观音作别》，《续》6《凡肉身仙佛俱非真体》）。然而，他不但津津乐道自己和亲友的诸种神怪经验（参见第一章），还专门谈到翰林院编修蒋麟昌（字静存，1720—1742）的故事，以为蒋一生种种灵异，在暗示其可能是僧人转世。"然吾与之谈，辄痛诋佛法而深恶和尚，何耶？"（《子》24《蒋静存》）可知他在下意识中对佛教的轮回观其实染触甚深，至少不像其自诩的那般决绝，否则何必有此一问？纪昀所说那位不信鬼的老儒，一句"鬼无白昼对语理"，同样暴露其无意中接受的另类知识：看起来，一个人受其所在社会信仰的影响，远远超过他自己的意识（参看第四章）。

根据上述所言种种迹象，或可断言：这些奇谈怪论固然不能简单地视为作者信仰的供状，但被他们挂在嘴边的"妄言妄听"，也不无自我防卫的可能。疑信交织，或者更准确地描述了他们的心态（至于疑和信各自所占比例，当然因人而异）。此外，我也在前文中不断提出，这种现象绝非18世纪中国的特产，近代早期的欧洲，同样存在它们的对应物。如果和保罗·韦纳的著名研究做一参照，我们更有理由认为，这种混杂着疑信的心态根植于人性本身。在古希腊，有学识的人"有时对所有的神话故事都抱持怀疑态度，有时似乎又变得特别轻信"，但即使在后一种情况下，他们也依然希望做出"既严肃又负责任的思考"。实际上，相信还是怀疑，和论者面临的不同任务及所处的不同情境有关。它们并不遵从形式逻辑的要求，即使自相矛盾，依然能够和平共处："不同的实相在我们眼里都是真的，但我们思考它们时用的并不是头脑里的同一个部分。"（保罗·韦纳，2014：74、69、117）

正是这种随时向各种可能开放性的态度，决定了"阙疑"和近人常说的"怀疑"态度之间的差异。"阙疑"二字，首见于《论语·为政》："多闻阙疑，慎言其余，则寡尤。"是孔子教导弟子子张的话，它和同一篇中对子路说的"知之为知之，不知为不知，是知也"，以及前已引用的"君子于其所不知"则"阙如"的话，都是同样意思。概言之，"阙疑"是慎下判断，不言、不说、不论，但不是立马否定。而20世纪以来中国思想里"怀疑"态度的基本精神，或可以陈垣（1880—1971）的一段话为代表："考寻史源，有二句金言：毋信人之言。人实诳汝。"（陈垣，2009：432）两句话是一个意思，第二句说得尤其明白。这里的"怀疑"，更侧重于"疑"，甚至可说更偏于否定。它看来是中立的，然而事实上是先有个"见"在其中，和"阙疑"有着微妙而关键的区别。陈垣是现代学者中以立言谨慎著称的人，犹不能免于其所在时代风气的感染，"破"字当头，余子可想而知。

二

疑和信并不仅仅是一种情感抉择，它也需要拿得出的证据。听者（读者）听到一个灵异事件，会揣摩它是真是假；讲者（作者）也要采取相应的策略，以诱导和控制听者（读者）的认知方向，而志怪的作者首先也是听者。因此，读者的检验机制和作者的论证策略常常凝缩为同一个问题，也就是我接下来要讨论的：他们根据哪些因素来判断一个事件是否可信？

不过，在此之前，我们不妨先来考察一下：从认知的角度看，一个有头脑的听者面对一个灵异故事，会做些什么？如同前边引用的事例表明的，他首先可能会根据自己掌握的某些原理，来评估事件的真实性。这些原理既可能是形上意义的，也可能是纯粹经验性的。比如纪昀认为"理所宜有"的那个故事：两个书生正在佛寺淫亵，壁间忽现一大圆镜，将其形象投射镜中。纪昀对此不是没有疑问：此等隐秘之事，"是谁见之"；当事人必不说，"又何以闻之？"不过这并没有阻止他最终认定此事有成立的可能（《阅》5:24）。这里的这个"理"，很显然是道德意义的，所谓"如要人不知，除非己莫为"，它可以超越物质性和经验性的局限，依据一种抽象的价值来确立。在这一点上，它似乎很接近宋明理学家所谓"天理"。但它其实更多的来自通俗佛教和道教，比如报应、业镜等观念的影响。更重要的是，它并不只存在于"抽象"层次上：纪昀的肯定，是对其实存性的肯定（参见第三章）。

在大部分情形下，人们对事件的认知，主要还是根据日常经验。交河儒生及润础常对人讲，自己夜宿旅舍，听闻夜半马语，方知群马皆系马夫转世："一马曰：'今日方知忍饥之苦，生前所欺隐草豆钱，竟在何处！'一马曰：'我辈多由圉人转生，死者方知，生者不悟，可为太息！'众马皆呜咽。"纪昀将此收入《笔记》，未有疑词，徐时栋则从"我辈多由圉人转生"一句看出"马脚"：这完全是"告诸他人"的语气，"若侪辈自语，有何不知，尚须说耶？"（《阅》1:32）依据的不过就是常识。同样，梁绍壬对那位健谈者（参见第一章）的批评，也不出普通知识的范围。将日常生活经验，作为衡量幽冥事件是否成立的标尺，其实不无自相矛盾（因幽冥本是超常的世界），却透露出一种更为深层的假定："非常"也是"正常"的一部分（详见第三章）。

大部分人对于事件的真假是非，仅局限于动动脑子，很快就抛诸脑后，但也有人会留个心眼，打探旁证。纪昀曾听蒋士铨谈到，其乡一个武生，闻听某处废宅有狐女出没，遂携被独往，夜宿其中，冀有艳遇，反遭狐仙戏弄的事。后经向蒋的同乡打听，得知"实有其人，亦实有其事"，只是此人"旁皇尽夜，一无所见"；狐仙戏弄云云，纯系蒋士铨"点缀"之词（《阅》9：33）。诗人洪介亭向袁枚讲，两广总督孙士毅（1720—1796）曾向一孙姓仙童求雨，并称自己曾"亲见迎孙童子像"。袁枚虽然照录下来，但"恐有缺疑"，表示将来会当面向孙士毅求证（《续》8《仙童行雨》）。周安士（名梦颜，以字行，1656—1739）在其善书《文昌帝君阴骘文广义节录》中讲到一桩果报之事，不但明标日期，还特别声明曾"访诸其亲友"，证言无误（周梦颜，2015：286）。

假如成本不高（顺道或距离不远），甚至有人愿意前往实地，加以勘察。袁枚久闻天台县衙有一神缸，官员到后，必须礼敬，否则即有灾祸，遂趁前往旅游之机亲自察看，用折扇敲击缸沿，用竹片探视缸底，发现与传说中的完全不同。他验看之际，旁观者颇为骇然。袁枚道："我击之，我试之，缸当祸我，不祸君也。"（《子》17《天台县缸》）姚元之在《竹叶亭杂记》中说，一株大树无故自鸣，人以为有怪作祟。有老者道：这是鸥鹡生子，反为子食所发出的叫声。"有人搜树视之，果然。可知少见多怪，天下事往往如是也。"（姚元之，2014：134）

这两例都是通过实地考察，破除了妖异传言，不过也有证明流言确凿的例子。嘉庆某年，王棽华家乡遭遇一次罕见的雷雨天气，众人传言，当日有雷神追击一只妖怪，直至县中某寺，以致寺内异状纷纭，皆非人力能为。王氏初闻，以为人言夸张，不肯"深信"。后来想到，事发地点也不过只有二三里路而已，"何不亲见？"乃约集同人，亲赴现场，果见"种种怪异，悉如人言"（王棽华，2017：71）。[①]当然，这样的察勘还是随机的、不系统的，更没有制度化，按照今人的标准看，大部分也可以说是轻率的，但它们和道听途说之间的界限仍是不容抹杀的。

尤其值得注意的是，考证的办法也被用来检验灵异的真实性。袁枚记有一事：河南士大夫一度颇为敬信一位自称唐人田颖的乩仙。按田氏曾撰《张希古墓志》，毕沅（1730—1797）做陕西巡抚时搜获其碑，转为河南巡抚时，将其移至苏州家中。[②]一日，田降乩于巡抚府中，刚到即感谢毕沅护持之功。因为知道此事的人很少，所以众人纷纷颂其神异。时金石学家

---

① 其实，按照今日标准看，王氏所见只是庙中异象，并不能证明雷击妖怪。又如前引《子不语》中孙童子降雨事，洪介亭目睹的也只是众人"迎孙童子像"，之前的情形乃是听闻。另外，丁柔克《柳弧》卷五《猪异》条，讲一作恶者被罚变猪，向众人自道其事，为人买下，送到寺中放生。丁言："先大夫于道光十年正月在三昧寺亲已［见］之。"（丁柔克，2002：341）所见只是猪，非是事。这些都有助于我们理解时人所谓"亲见"的意思。

② 袁枚原文谈此事甚略。此处参考了钱泳的记载（钱泳，2013：245）。

79

严长明（字道甫，1731—1787）在毕沅幕中，恰好在座，因问田颖：墓志中一处记载与《唐书》不合，有何依据。乩仙登时语塞，应付几句就匆匆离去。此后凡巡抚府相请，或座中有严氏在，田即不至（《子》21《神仙不解考据》）。意思很清楚：这个乩仙是个冒牌货。严长明的博学和严谨，使他能够不为所欺。

无独有偶。纪昀也听其友人陈瑞庵讲了一个类似事件：献县城外有很多土丘，当地人相传这都是汉代的坟冢。有个农民犁地时，不小心误犁一处土冢，回家后就发起高烧，满口谵语，都是责怪他冒犯了自己之类的话。这显然是有鬼上身了。

> 时瑞庵偶至，问："汝何人？"曰："汉朝人。"又问："汉朝何处人？"曰："我即汉朝献县人，故家在此，何必问也？"又问："此地汉即名献县耶？"曰："然。"问："此地汉为河间国，县曰乐成，金始改献州，明乃改献县，汉朝安得有此名？"鬼不语。再问之，则耕者苏矣。盖传为汉冢，鬼亦习闻，故依托以求食，而不虑适以自败也。

翁心存读到此处，不禁莞尔："惜乡村鬼不知考据。"

（《阅》14:26）^①

另一个故事也和严长明有关：

> 乌鲁木齐于乾隆四十一年（引者注：1776年）筑城，……并建有城隍庙。兴工三日，都统明公亮，梦有人儒冠而来，云姓纪，名永宁，陕西人，昨奉天山中神奏为此地城隍，故而来谒。公心异之。时毕公秋帆（引者注：即毕沅）抚陕，因以札来询。毕公饬州县查，现在纪姓中，未有名永宁者。适严道甫修《华州志》，有纪姓以家谱来，求登载其远祖。检之，则名永宁者，居然在焉。乃明中叶生员，生平亦无他善，惟嘉靖三十一年（引者注：1552年）地震时，曾捐资掩埋瘗伤死者四十余人而已。因以复明公。书至，适于是日庙方落成也。（《子》21《乌鲁木齐城隍》）

官府遇到问题，想到的是查找档案，和学者使用考证的办法，乃是异曲同工。它们的基本判断标准相同，一是要有证据，

---

① 这都是故事中人物的考证，不是作者对故事的考证。但这个差别也不易强调，试想，这两个故事若由当事人来写，考据情节不就变成了对事件的考证了吗？

二是来自不同渠道的证据要彼此吻合。而同样的尺度，既适用于阳世，也适用于阴间——幽冥，一样可以是考据的对象。

幽冥世界并不能因怪异不常而免受检测，作者当然也有责任向读者证明事件的可信（至少是可能）。在这方面，清人有一整套论证策略，它们大都继承自中国漫长的书写（不尽是志怪）传统。如同前边已经提到的（第一章），这些手法中最常见的一种，是开列事件发生的地点、时间、相关人物（当事人、目击人、见证人、讲述人，以及作者和他们的关系）等细节，以构成一条相对清晰的证据链。这在《阅微草堂笔记》的几乎全部条目和《子不语》中的大部分条目中都可看到，此处不再详举。

一般说来，清人志怪对人物和地点的介绍较为常见，关于具体时间的说明相对要少一些，但也是司空见惯。其中值得注意的一个例子，是杭州凌聚吉的女儿被鬼缠身之事。此事出于聚吉本人之口，中间情节颇为曲折，但对时间的交代却一丝不苟，绝无含糊：凌女生于明崇祯丁丑年（1637），癸巳（1653）"忽遘奇疾"，至"乙未（引者注：1655年）四月间，年一十九岁，每发愈重"。凌通过交谈发现，此系一黑面鬼附体所致。五月二十五日，黑面鬼扬言要摄其魂魄，此后凌女终日不眠不食。六月初一，聚吉前往杭州城隍庙投词控诉；初八日得到冥差通知，城隍已发出提审牌照；初九日冥差又至，告以次日五鼓开审；初十日果然。十二日晚又得通告：十三日巳时，三殿阎王将会审此案。次日辰刻，凌女赴冥，脉息甚迟而不绝，直到被冥府放还，才恢复常状。聚吉自言："予女自乙未五月二十五日至六月十三日，计十八日，粒米不进，目睫不交。当其去也，则僵卧竟如死人，及其苏醒，安居如常，始终曾无一语模糊其间"（梁章钜，2015：474—477）。①这个故事中清晰的时间线索给人留下了深刻的印象。无疑，在讲述者看来，它是事件真实性的有力证明。

告知事件的来源以取信读者，并不只限于志怪，而是明清各种文类广泛采用的方式。周安士就在《欲海回狂》一书的"凡例"中声明："集中所援因果，及古人议论，出于何书，逐一注明，务期可考。"（周梦颜，2015：649）他的《文昌帝君阴骘文广义节录》广泛征引各项史料，同样不厌其烦地注明某事来自何书，或由何人讲述。方苞（1668—1749）的名文《左忠毅公逸事》也不忘说明事迹出处："余宗老涂山 [引者注：即名诗人方文（1612—1669）]，左公 [引者注：左忠毅公，即左光斗（1575—1625）] 甥也，与先君子善，谓狱中语乃亲得之于史公 [引者注：即史可法（1601—1645）] 云。"（方苞，2009：238）学术著作当然就更要如此。纪昀

---

① 梁书摘自陆圻（1614—？）的《冥报录》，陆又是从凌聚吉本人的文章中转录的。

在为傅世垚《六书分类》写的序言中，就特别表彰此书"博采诸书，各注所出，示有征也"（纪昀，2010：296）。事实上，艾尔曼（Benjamin A. Elman）就曾把"注明出处"看作18世纪"考据学的标志之一"（艾尔曼，1995：130）。[①]

　　为自己的话负责，是这一时期作者们面临的潜在压力。但他们所采用的手法也并非明清的发明，而是对一个源远流长的书写传统的发扬光大（李惠仪，2013：264；于君芳，2015：126、128）。有学者发现，在中国的古典文学中，文人们即使在"讲述荒诞离奇的故事时，也总是披上细节真实的外衣"（吕立亭，2013：143）。这告诉我们，交代具体细节的情况有多么普遍，它并不完全依赖于乾嘉时代考据学的风气（虽然后者也可能强化了这一趋向）；同时也提醒我们，作为一种套式，这些细节并不一定都值得读者当真，在很多情形下，它们不过是文人故作狡狯而已。然而另一方面，作为一种论证策略，详细交代信息来源的做法仍有重要的意义。比较一下古希腊人的态度，这一点会更清楚：古希腊人也会声明，自己的信息是从某处得到的，可是对于具体出处，则只字不提。

---

　　① 需要指出的是，交代信息来源，是唐宋以来笔记写作的一个"惯例"，古已有之。只是到了这一时期，学人有意识关注到这一现象。比如，《四库全书总目》谓明人姚宣《闻见录》"旧事则注出某书，新事则注闻之某人"（陈平原：2005：250），明显是欣赏的口气，代表了一种更加自觉的意识倾向。

84

他们会说："这就是我的观察，……添加提供信息者的名单，又有何益，谁会去核实呢？"（保罗·韦纳，2014：9、14）

若在细节之外，尚有物证可观，自然更能增添说服力。袁枚讲了一个德州城隍的故事后说，城隍托其友人李倬为之所刻之碑，"今犹存德州大东门外"（《子》7《李倬》），至少听来言之确凿。不过，这往往也只是因为无人前去"核实"而已；若有好事者真去探访一番，很可能产生相反的效应。①

另一种证据是同时代其他作者的文本。袁枚尤其喜欢这样做。在一个故事里，他引用孙星衍（字渊如，1753—1818）、洪亮吉的诗文，作为佐证（《子》20《西海祠神》）；另一个故事则援引姜宸英（字西溟，1628—1699）、韩菼（1637—1704）的文章，为自己背书（《子》13《见娘堡》）。有篇关于名臣徐士林（号雨峰，1684—1741）的故事，讲述徐为安庆知府时，替一个鬼妇申冤的事，称："公作《田烈妇碑记》以旌之。时泰安赵相国国麟（引者注：1673—1750）为巡抚，责徐公为此事作访闻足矣，何必托鬼神以自奇？徐公深以为愧，然其事颇实，不能秘也。"（《子》1《田烈妇》）听起

---

① 比如，李庆辰曾听乡中父老讲过一个槐仙的故事。有日途经其处，发现不但"庐舍全非"，连槐树亦"归于乌有"，不由对事情产生怀疑（李庆辰，1990：322）。

来似乎更令人信服不已。[①]

如同赵国麟对徐士林的批评所提示的，在多数人看来，有关鬼神的记录不应出现在更为"正式"的文体中。但也正因如此，正统文本中出现的少数灵异事例也就自然带上了权威性。[②]青阳一塾师忽将村童五人全部打死，自述是为鬼怪所弄。官府"以鬼语难成信谳，质之各家父母"，亦无所获，不得已申详总督。袁枚自言曾亲见此案文书（《子》8《青阳江丫》）。在另一些案件中，官府亦将案中人的灵异遭遇，作为口供立案（《子》22《雷神火剑》）；甚至将有些奇异的物证如雷屑（状如木橛，据云系雷公击人所致）"存案"（《续》9《雷屑》）。根据袁枚自称，有些奇异事件甚至是他从邸报中得知的（《子》1《常格诉冤》、24《天妃神》）。无疑，在这些案例中，官府的介入使得事件更容易被人相信。

通过引用，袁枚将这些学者、官员乃至朝廷都"发展"成为自己的证人。之前讲过，对于清人来说，证人的社会身份并

---

① 袁枚为徐士林所写神道碑，也提到此事，谓"公深愧以神道设教，而满庭胥隶，皆有见闻，不能掩也"（袁枚，2014：1219—1220）。又，孙葆田《书徐雨峰中丞田烈妇碑记刻本后》所录徐文，确有"其时隐有形状，若泣若诉，伏乎公庭之下"的描述（孙葆田，1989：281）。

② 不过，如同前边已经引用过的一些例子表现的，至少在墓志、传记之类的文本中，灵异现象绝不少见。故此处仅以官方文书为例，加以说明。

不决定他们的言说是否可信，男女老幼、贫贱智愚，都可能提供值得采信的证言（参看第一章）。然而，就像袁枚的选择所表明的那样，声望卓著之士显然更易受人关注（这也是有许多怪事"发生"在他们身上的原因），由他们出面作证，可以收到事半功倍的效果——更不要说朝廷了。

不过，在更常见的情况中，不是社会地位和声望，而是一个人的道德表现，才为其言论提供了最坚固的保障。"朴厚人"自道其怪异遭遇（《续》8《温将军》），当然比狡狯者令人信服；若他平日言辞"讷讷"，就更可使人放心（《阅》12:4）。因此，一个"笃实君子"之所言，即使有让人不解处，但仅仅依据他平常绝不"妄语"的表现，也可使人断言："此事当实有也。"（《阅》19:5）同样，自我辩解，也要从品行下手，才最有效率。周永年（字书昌，1730—1791）告诉纪昀，自己曾夜听群鬼论文，并一一复述其言。纪昀说：周氏所云都是"平心之论"，大可不必"托诸鬼魅"。不料"书昌微愠"，表示自己虽"百无一长，然一生不能作妄语。先生不信，亦不敢固争"（《阅》14:8）。当纪昀说另一个朋友所讲是"寓言"时，同样的话再次出现："仆百无一长，惟平生不能作妄语。"（《阅》23:19）更有甚者，故事中的鬼在生前的品德，也可以成为一个灵异事件成立的证据（《续》9《亡夫领妇到阴间见太公太婆》）。

这类做法也适合于日常事务的判断。纪昀在一篇墓文中承认,自己并未亲见墓主,所写都是听墓主的公子所说。这本来并不能排除其中有吹捧的嫌疑,"然忆尹文端公〔引者注:即尹继善(1695—1771)〕亟称公",恰与其子所言相合:"文端公一朝名德,语必不诬。因撮其大凡,表之如右。"(纪昀,2010:387)钱大昕为汪辉祖的父亲写传,同样以为只要口述人靠谱,就可以定案:"辉祖贤而有文,且诚孝人也,其言故可信。"(钱大昕,1989:722)此类声明,在其时墓志、传记一类文章中不胜枚举。这有两种效果,一是向读者交代史事出处,二是以最简捷的方式向读者提供史事的证明(当然也不排除作者可以部分免责的考虑)。

在这些例子中,事件、言说和叙述者的人品被视为一个可以相互印证与强化的连贯整体,而人物又位居其中的核心:一件事情是否可信,在很大程度上要看其出自何人之口,最终则要靠其日常品德来保障。充分考虑信息提供者的品行,在现代学术中也是常见的做法,不过,这只是决定材料可信性的众多因素之一。与之不同的是,在清人的例子中,对事实的检验大体上被转化为对一个人道德品质的检验。这虽然不等于人们就此放弃了其他角度的思考,但道德检验占有的权重远超它们在现代学术中的地位，则是可以肯定的。[①]

证人的数量也是确证事件真实性的一个指标。袁枚讲了一个山阴县书吏徐某在冥府买缺引起的纠纷，非常肯定地说："此事山阴书吏俱能言之，甚确实也。"（《续》8《鬼买缺》）《笔记》记有一事：两位妓女为狐精所魅，"羸病欲死"，其家延请道士设坛作法。狐精化身书生，讲了一通妓女害人，不值得费神的道理，"道士乃舍去"。纪昀评论道："论者谓道士不能制狐，造此言也。然其言则深切著明矣。"徐时栋则对此颇不以为然，谓："文达（引者注：即纪昀）论事，每喜勘进一层，然正不必尔。即如此事当系众共见闻，非道士所能信口造说也。"（《阅》13:44）是则"众共见闻"即自具一种不证自明的效应。然则古人虽早有"三人成虎"之训，并不能改变人的惯习。

有时证人的数量不须太多，只要他们彼此都是独立的观察者，并无串供的可能，即可提供有说服力的证据。文献学家吴骞（号兔床，1733—1813）曾在日记中引用康熙六十年

---

① 17世纪的英国，一个实验报告也需要列出证人的姓名和资格，后者主要靠其道德和学识来保证（Steven Shapin, 1995: 243—309）。相对说来，清人对证人品行的考虑更多，对其学识和社会地位似乎没有那么关注。事实上，在很多情况下，无知反而成为一个人更为可信的保障（第一章）。而这同样不是中国所特有的现象。康儒博（Robert Ford Campany）从蒙田（Michel Eyquem de Montaigne, 1533—1592）书中引用过一段话，就表现出类似的思维方式（康儒博, 2019: 253）。

（1721）的一条上谕：

> 从前有书吏三人，遍传西边异兽形图。部议重罪具奏，朕从宽免死，令其往觅是兽。后将军等来自军前，云果有是兽，目在乳旁，口在脐旁，巡哨侍卫等亲见之。蒙古名其兽为"鄂布"，又有飞者名为"积布"。蒙古名恶人为"鄂布泰""积布泰"，是即《山海经》所谓"刑天无首，以乳为目，以脐为口"也。故将发遣书吏放还。（吴骞，2015：184）[①]

就是这一类情况。得到新的证词后，康熙皇帝（1654—1722）不仅认可了书吏的传言，还主动为之寻找到了语言学和文献学上的证据。

某一类现象在书本上和生活中重复出现，也会增强其可靠性。前边讲过，纪昀曾在《笔记》中为袁枚提供过不少证词（第一章），而他的口吻通常都带有几分不谋而合的惊喜："《新齐谐》载雄鸡卵事，今乃知竟实有之。"（《阅》16:3）"此余家近岁事，与《新齐谐》所记针工遇鬼略相似，信凿然有之。"（《阅》17:21）周安士的《万善先资集》附有明代高僧袾宏

---

① 原载蒋良骐《东华录》，文字略有出入（蒋良骐，2005：364）。

（1535—1615）的《放生文》，备录各种放生得报的事例，末尾道："如上所录，远则载在简编，有典有据；近则昭乎耳目，共见共闻。考古验今，定非虚谬。"（周梦颜，2015：610）最能看出，书本与闻见相资，如何相互强化了彼此的说服力。

两条互不相干的线索出人意料地绞合在一起，彼此相契，更是证明幽冥、天意、报应的好材料：一个忽得癫疾的士子自称受命署理城隍，审结几桩陈年积案，其中一案主犯被判以斩刑。正当其时，家人给他滋补身体，买了一只鳖，在厨房里杀掉。"鳖头落地，怒目狰狞可骇。"其人卧室距离厨房甚远，却"忽于床上大喝曰：'这恶人，应当斩罪，还有甚么不服？斫去还敢怒目视我耶？'"其父赴城隍庙祈祷，"其子又于床上云：'太爷何故烧香于判官面前？他如何当得起太爷一拜？'"（《续》10《恶人转世为鳖》）两个剧场各自上演的两台戏码，情节却处处密合，毫厘不爽，不由人不相信，它们本是出自同一剧本的不同镜头。

另一桩案子发生在著名的经学家任大椿（字子田，1738—1789）身上。任氏十五六岁时，曾给一位堂叔的侍妾写了把扇面，致使堂叔疑心，侍妾上吊自尽。其魂在冥府将大椿告下，任氏"奄奄卧疾"四五日，"魂亦为追去拷问"。开庭七八次，才辨明纯系无心之误，但终因"过失杀人"被"减削官禄"，以致一生仕途坎坷。转述此事的内阁中书舍人贾钝夫告诉纪昀：主持这次冥审的，就是顾德懋。"二人先不相知，一日相见，彼此如旧识。"其时贾亦在座，"亲见其追话冥司事。子田对之，犹栗栗然也"。这个细节立刻说服了读者。徐时栋说：纪昀总不信顾是冥官（参看第一章），可是此事有任大椿为证，岂是顾所能自造者？（《阅》9:25及"徐评"）

预言成真一向为志怪一类作品所热衷。昭梿（1776—1833）的《啸亭杂录》中有"蔡必昌"条，谓："蔡太守必昌任四川重庆守，云能过阴间，预知冥中事。"他曾告福康安（1754—1796），"不数年川、楚间当有大劫难至，冥中已造册数年，尚未已也"，册中领头者为毕沅。"其言乃甲寅（引者注：1794年）七月望日，洪大令庆祥亲告余者。其时楚中尚无兵燹之事，余则以为妄言休咎。"不料第二年"果有楚苗之变"，继之以川、楚白莲教起事，"兵连九载，始得荡平"，而毕沅时任湖广总督，死于湖南辰州军中。昭梿声明道，是书本"不录鬼怪诡诞之语"，但蔡言"实系余闻于未变之先者"，既有征验，与他事不同，"故漫记之，以志异云"（昭梿，2015：261）。这条记录可以和纪昀的记录相互印证（参看第一章），可知蔡必昌入冥，是其时官场中人人皆知的一件事。

超出人力的事象，更具有一种难以抗拒的说服力。这方面最常见的例证，是一个人被鬼魂凭附，口音也随之顿改。有时数鬼附于一人之身，彼此问讯，或嘈杂喧闹，其音声笑貌，各各不同，旁听者竟一一可辨（《子》3《瓜棚下二鬼》、4《叶生妻》，《续》10《关帝血食秀才代享》）。杭州一位术士被群鬼所凭，"语音不一，曰：'还我骨，还我骨！'声啾啾然，楚、越、吴、鲁音皆杂有也"（《子》18《道家有全骨法》）。数种方言并作，无缝转接，尤令人惊诧不已。[①]事实上，19世纪来华的美国传教士倪维思（John Livingstone Nevius，1829—1893），就是因为看到着魔者说出其原本并不通晓的方言，才对鬼魂附体现象转疑为信的（李尚仁，2010：492）。

最后，一个故事的可信度，也和它使用的修辞手段分不开。现身说法，声称自己开始也不相信，只是面对事实，不得

---

① 袁枚听一位扬州老友讲，其孙被狐仙附体，请人作法，亦驱之不去。某日，士子忽称"伏魔大帝"（关帝）驾临，令其祖父接驾；少顷又呼："孔圣人至矣。""文武二圣，相与共语，嗫嗫不可辨，皆在病者口中，作山东、山西两处人口吻。如是者自午及申，举家长跪哀求，不敢起立，腿脚皆肿。病者厉声曰：妖魔已斩，封尔孙为上真诸侯，吾当去也。"家人叩送二圣，端给病人一碗粥，"病者向空招手曰：'吃粥，吃粥。'狂言如故"。其祖父悟到"文武二圣皆妖冒充"，不禁怒而指责狐妖，而"病者缩首内向，掩口而笑，作得意状"（《子》18《吴二姑娘》）。此妖大是调皮！这里的方音是狐仙戏弄，与他例不同，不过从全家上当中也可以看出，鬼神有自己的口音，是其时非常流行的信仰。

不从（第一章），最能暗示叙事者的真诚，被广泛采用。[1]其中一个典型例子，来自纪昀自述："余在乌鲁木齐，军吏具文牒数十纸，捧墨笔请判，曰：'凡客死于此者，其棺归籍，例给牒，否则魂不得入关。'"纪以此事荒唐，坚不肯批。"旬日后，或告城西墟墓中鬼哭，无牒不能归故也。余斥其妄。又旬日，或告鬼哭已近城。斥之如故。越旬日，余所居墙外觑觑有声。余尚以为胥役所伪为。越数日，声至窗外。时月明如画（引者注：疑当为'昼'），自来寻视，实无一人。"乃听同事劝说，姑且一试，结果"是夜寂然"（《阅》1:41）。记述鲜活，且将此写入《乌鲁木齐杂诗》，一再道及，令人留下深刻印象。前引凌聚吉的文章，也说自己原本仅将轮回果报之说视为释氏"警世之权语"，却不意"今日近出己身，耳闻目见，曾非影响，姓名俱有对证，虽欲不信，不可得也"。之后更发誓："不敢增饰一字，以堕妄语之戒。"（梁章钜，2015：477）皆是坚人信心之语。

迈克尔·麦基恩（Michael Mckeon）在一部讨论近代早期英国小说兴起的名著中，罗列了17世纪英国幽灵叙事

---

[1] 哈特利和波茨指出，故事为了"市场"竞争的需要，必须要表明自己的可信度，而这就需要付出相应的"高成本"："既然伤疤是难以做假的诚实证据，在讲故事的过程中，讲述者的精神或身体疤痕越多，故事就越好。"（约翰·哈特利、贾森·波茨，2017: 40）讲述人由疑转信，正可以看作他所支付的"精神成本"之一。

所借助的"详细验证细节的复杂模式":包括"名字、地点、日期、事件、目击证人、耳闻证人、对文体'真诚性'的关注、良好品性的确定及对特殊偏见的否认"等（迈克尔·麦基恩，2015：144）。[1]显然，这些因素在18世纪（实际并不限于18世纪）中国志怪中一个也不缺少，像考察和考证方法的使用，更是已经超出这个清单之外了。这表明，无论是对于鬼怪故事的作者（讲者）还是读者（听者）来说，事件的真实性都是非常重要的。一个好故事，当然要能娱情怡性，也要给人启发，可人们还是想知道，它是写实还是虚构？一个故事既真实又高尚，当然远胜单纯的神道设教。

事实上，对于那些明显具有教育意图（无论是道德上的，还是学术上的，如汉宋之争）的故事，纪昀往往会直接指出，这是一个寓言（当然也有漏网之鱼）。比如，经学家何琇（号励庵）曾跟他讲过一个狐仙读经的故事。纪昀据平日所闻何氏

---

① 此外，有学者指出：英国近代灵异小说家蒙塔古·罗兹·詹姆斯（Montague Rhodes James，1862—1936）"笔下的故事的发生时间离写作日期仅几十年之遥"，而他之前的灵异作家则"喜欢将作品背景设置为中世纪晚期"。詹姆斯是有意识这样做的，因为"一个发生在十二或者十三世纪的鬼故事或许可以显得浪漫及充满诗意；但它永远没法让读者对自己说，'如果我不小心，这种事情也可能发生在我身上！'"（蒙塔古·罗兹·詹姆斯，2014：191—192、183）也就是说，詹姆斯的做法是为了寻求虚构的真实性效果。中国唐宋以来的志怪作品，则一直在一个"近代"场景中展开。比如，《阅微草堂笔记》和《子不语》所记，几乎全是18世纪的事情。

论学之语，以为狐仙所讲与之"若合符节"，遂断言："此殆先生之寓言。"（《阅》3:29）还有一次，名士申苍岭讲了一个鲜衣玉食的书生被鬼鄙视的故事：书生听到鬼在吟诗，遂具酒食相邀，鬼却答道：大家贫富有别，并非同调，"士各有志，未敢相亲"。纪昀听后也立刻指出："此语既未亲闻，又旁无闻者，岂此士人为鬼揶揄，尚肯自述耶？"定是"先生玩世之寓言"（《阅》11:49）。

徐时栋曾点评《笔记》中的一个故事："凡记因果，义取劝惩，当明白晓畅，使人一见便了了"；而纪昀所记某事，不像其平时的畅达风格，"嗫嚅"不清，使人不解（《阅》10:2"徐评"）。然而也恰好可以从这里看出，纪昀是何等严格地忠实于他的所闻——线索扑朔迷离，不是才更好表明怪事之"怪"吗？纪昀并没有为了凸显一个道德目标，就将其变得条理井然，虽然他绝不是没有这个能力。这和徐时栋从神道设教立场所做的推想，完全不是一回事。①显然，在纪昀看来，富有教化意义，并不能同时使一个故事变得更真实，而他虽然也赞同志怪具有"劝惩"的使命，但并不愿意为了教化的目的而牺牲真实。

---

① 不过徐时栋也并没有完全忽略事件的真实。从他的表述中可以看出，这段评语不是一时所写，而是续有增加，可见他也曾反复琢磨，做过好几种假设，试图理清文中线索。

第三章　奇闻与常理

康熙壬戌八月十六日（1682年9月17日），前翰林院检讨唐梦赉（1628—1698）读到同乡蒲松龄的一卷《聊斋》，大加叹赏，提笔写下一段序文，对"小儒拘墟之见"嘲讽备至：

谚有之云："见橐驼谓马背肿。"此言虽小，可以喻大矣。夫人以目所见者为有，所不见者为无。曰：此其常也。倏有而倏无则怪之。至于草木之荣落、昆虫之变化，倏有倏无，又不之怪。而独于神龙则怪之。彼万窍之习习、百川之活活，无所持之而动，无所激之而鸣，岂非怪乎？又习而安焉。独至于鬼狐则怪之，至于人则又不怪。夫人，则亦谁持之而动，谁激之而鸣者乎？莫不曰："我实为之。"夫我

97

之所以为我者，目能视而不能视其所以视，耳能闻而不能闻其所以闻，而况于闻见所不能及者乎？夫闻见所及以为有，所不及以为无，其为闻见也几何矣？人之言曰："有形形者，有物物者。"而不知有以无形为形，无物为物者。夫无形无物，则耳目穷矣，而不可谓之无也。（张友鹤，2013：4—5）

诚如唐氏所言，中国人所说的"怪"，皆因其"非常"之故。不过他没有说到的是，"非常"也有两种，一是不常见，二是非常理。唐氏所针对的，大都是第一种。然而，因少见而导致的多怪，见多也就不怪，犹如纪昀所讲西域大风，在当地就只是"常"（参见第一章）。至于鬼狐，真正目睹的人虽少，但传言既多，实际也已成为普通人日常生活的一部分，却还是"怪"，就怪在它并非常理所能讲得通。这才是"怪"与"常"最根本的差别。

这也就意味着，对于幽冥来说，"理"才是最关键的认知因素。仅从上一章的几个例子中也可看出，信与疑的冲突，在很多情形下都表现为事和理的冲突："事出情理之外"，是说理不能解，不是说事不存在；"为理所宜有"，则虽未见实据，仍可肯定其事（作为一种类别）之实存。①然而，即使知道了确有其事，人的好奇心也并不就此平息：非"常理"，并不一定就是"无理"（当然也有可能）。然则其理安在？仍是一个问题。

本章拟展现纪昀等人从"理"的角度对幽冥事务的探讨。他们的努力可以分作两个层面：在整体层面上，确定怪异中究竟是否有理可寻；在具体层面上，推敲故事细节，检视其是否合乎情理、故事脉络中有可能容纳何种假设和推论。我的一个切入点是那些带有"瑕疵"的故事：至少在今人眼中，它们的逻辑断层和错位是很明显的。而这些矛盾有可能存在于一个故事内部，也可能存在于不同故事，或某一具体情节和广为大众接受的有关怪异的整体话语之间。问题是，纪昀等是否察知到它们的存在？如果是的话，他们怎样调整故事框架，使其保持

① 美国汉学家浦安迪（Andrew H. Plaks）指出，中西有关真假的看法极不同："西人重'模仿'，等于假定所讲述的一切都是出于虚构。中国人尚'传述'（transmission），等于宣称所述的一切都出于真实。……比之与其在西方哲学和逻辑里的意义，'真实'（truth）一词在中国则更带有主观的和相对的色彩，并且因时因事而异，相当难以捉摸。可以说，中国叙事传统的历史分支和虚构分支都是真实的——或是实事意义上的真实或是人情意义上的真实。"（浦安迪，2018：38）显然，"人情意义上的真实"，就是纪昀所谓"理所宜有"的真实。浦氏跳出历史和小说的区别，从"叙事学"角度观察问题，独具只眼。不过，"真实"的观念是"相对的"，并不等于它就是"主观的"。从本书第二章所说的情境来看，对彼时的中国人来说，真假其实并非摆放在一个二维平面上的对立结构，而是存在于多层的立体结构中，对不同的层面和不同的侧面而言，区分真假的尺度亦是不同的。

逻辑的融贯性，从而维护道德和意义系统的稳固？

我们知道，对于"理"的性质的分歧，是乾嘉时期学界汉宋之争的一个关键。因此，这里必须要交代的一个前提是，他们说的"理"是什么？是理学家喜欢讲的抽象和笼统的"天理"，还是更为具体的如戴震等所谓的"条理"？当然是后者。像我们已经看到的，纪昀笔下尽管偶尔也会有一些形上意味的"理"（然而和理学家的"理"仍不同），但更多地还是"闻见之知"而不是"德性之知"的意义上来思考问题（参看第二章）。①清人花了不少时间来探索这些灵异现象背后的道理，或者，更为准确地说，他们运用自己已经掌握的原理，从各种蛛丝马迹中寻找可以理解的线索，将这些现象归纳入已知的知识架构内，做出对他们来说合乎情理的解释。在此意义上，他们所做的，基本还在托马斯·库恩（Thomas S. Kuhn，1922—1996）所谓"常规科学"的范畴内（至于那些逸出"常识"的事例，则用第二章中说明的"阙疑"方式来处理），而不具"革命"的意义。②

---

① 一般说来，他们所谓的"理"，可以区分为"物理"与"情理"——所谓"理所宜有"之"理"，大多数情况下就是指后者而言。不过，对纪昀等人来说，"物理"和"情理"的区分是不存在的，在他们那里，就只有一个"理"字。我们正可由此看出古今认知的差异。因此，本书也不会刻意强调这种区别。

② 具体而言，纪昀等人探讨的"理"，属于库恩所谓"准形而上学的承诺"范畴（**托马斯·库恩**，2018：34）。

怪异是否有理，一直困扰着清人。一方面是事理之间有时不尽一致：有些事情是"物理之不可解者，然试之均验"；有的说法则"不知验否，然于理可信"（《阅》23:8）。那么这是否意味着，既有"理外之事"，又有"事外之理"，事理分道扬镳，彼此互不相照？另一方面，即使在同一事件中，有时也既有"理自不诬"者，又有"不可以理推"者（《阅》4:7），更加剧了索解之难。

那些相信甚至亲身经历过灵异事件的人，要想搞清其原理何在，往往发现难之又难。在纪昀的家乡献县，有人病危时，家人会在其贴身衣服上剪下一片衣襟烧掉，"其灰有白文斑驳如篆籀者，则必死，无字迹者即生"；或用几张纸连缀起来，如一条被子样，接缝处不用浆糊黏合，而是放在洗衣板上，用铁锤击打，"其缝缀合者必死，不合者即生"。这两个办法，"试之，十有八九验"，然"均不测其何理"（《阅》16:27）。事实上，读者在事涉怪异的文本中，不可避免地要频频遇到"其理卒不可解"（《子》23《雁荡动静石》）、"其理殆不可晓""此种事理，虽圣人亦有所不知"一类表述（王士禛，2014：24；周梦颜，2015：79）。

但我们也正可从这一声声"不可测""不可解""不可晓""不可知"中，发现时人抑制不住的探索兴味——他们至少试图去"解"过。袁枚在沭阳县令任上，遇到一桩杀人案，悬疑十二年未得真凶。直到某日，一位死后未葬的洪姓武生员，示梦给其妻，承认自己就是当年的凶手，因被冥司追责，明午将有雷劈其棺。次日果然。令袁枚不解的是：为何"天报必迟至十年后，又不于其身，而于其无知之骸骨"；"此等凶徒，其身已死，其鬼不灵，何以尚存精爽于梦寐，而又自惜其躯壳者？"（《子》2《沭阳洪氏狱》）吴昌炽有个表兄，曾在中夜遇见一个大鬼："鬼身坐楼房，巨足踏地，首当在霄汉间，所衣白袍之前幅，披十余家门面。"他壮胆投以一炬，转身便逃。"黎明复至其所，仅存纸灰一大堆而已，楼椽如故，无焦灼痕。"吴昌炽亦发出一连串疑问："或曰：此魍魉也。真耶伪耶？使其真也，则鬼衣无质，乌得有灰？使其伪也，则纸燃必及于屋，斯人之身体安在哉？是诚不可解矣。"（吴昌炽，1985：74）

其实，"理不可解"，只是说解之甚难，但还是承认其中有"理"在。不过也有人，比如李庆辰，就曾一口咬定："理所必无，事或须有。"（李庆辰，1990：149）连一向审慎的纪昀，有时也不免发出"不可理推""无理可推"之叹（《阅》8：58、24：11）。钱锺书（1910—1998）曾在《管

102

锥编》中引述《太平广记·舒州人》〔原出宋徐铉（916—991）《稽神录》〕中"此理有不可穷者"一句，道："记其事而复言理所必无，即欲示事之真有；自疑其理，正所以坚人之信其事。语怪述奇，难圆厥说，则抵却献疑于先，可以关他人质诘之口。文家狡狯，比之自首减等也。"（**钱锺书，1991：826**）文人弄笔，确乎不可尽信，然而也未必个个如同钱先生想的这般狡猾。事实上，"理所必无""无理可推"，大概都只能看作一种修辞，相当于"理不可解"的另一种说法。此处所谓"理"，指的只是"常理"。大部分论者其实承认，除了人们所知者，还有人所不知的理。"不可穷"，就是指后者而言。（李庆辰那句话的前边的确就还有一句："不可以常理论也"。）

纪昀幼时曾于外祖家见过一个术士，在众目睽睽之下，使一碗鱼肉凭空消失，出现在另一房间早已上锁的抽屉中。他强调这和戏法不同。戏法只是表演者手快造成的假象，但这是真正的搬运术。他说：世人常云"理所必无，事或所有"，就是这一类情事——"然实亦理之所有。狐怪山魈，盗取人物不为异，能劾禁狐怪山魈者亦不为异。既能劾禁，即可以役使；既能盗取人物，即可以代人盗取物，夫又何异焉？"（《**阅**》1:24）同样的表述还可以在对另外两个事件的评论中看到："理所必无者，事或竟有。然究亦理之所有也，执理者自太固耳。"这两个事件，一是孝妇被人愚弄，剐肉燃灯疗亲而验；一是乞丐拾金不昧，残疾不治忽愈。纪昀认为，这都是他们诚心感动鬼神所致，看似"无理"，实有"至理"存焉（《阅》7:61；Leo Tak-hung Chan，1998：125-129）。

若说这几件事都是纪昀已经发现了"理"，才如此有信心的话，也有些事，如翰林院有一些传闻的禁忌，犯之即验，也确使其不解。然而他还是坚持："此必有理存焉，但莫详其理安在耳。"（《阅》20:22）有一次，他的学生邱人龙（1736—约1785）讲了一桩奇闻：有盗劫官船，不抢、不杀、不淫，只割去官太太的一只左耳，复赠以金疮药而去。听者"千思万索"，终不解此盗何意，只有以"天下真有理外事"解之。邱人龙则认为："苟得此盗，自必有其所以然，其所以然亦必在理中，但定非我所见之理耳。"纪昀道："然则论天下事，可据理以断有无哉！"（《阅》21:12）表面看来，他的意见正和邱氏相左，但"然则"二字是承上口吻，纪显然同意邱的观点，故所谓不能"据理断有无"，所"据"者应该还是"我所见理"。

纪昀之所以反复强调，不能以"理"来论"事"之有无，一个很重要的原因是，他心中一直存在一个假想敌，就是理学家。清儒对宋学的批判，绝不是单纯的学术方法之争，也不光是在理、欲等问题上的思想流派之争，他们的冲突同时在好几个不同战场展开，鬼神之有无就是其中一个。[1]作为反宋学的一员大将，纪昀每每拈出张载（1020—1077）、朱熹等以鬼神为"二气之良能"的话，[2]视同笑柄（《阅》7:43、14:12）。在一个故事里，两位夜游村外荒原的儒生，正在担忧是否会遭遇鬼怪，迎面却走来一位扶杖老人，安慰他们道："世间焉得有鬼？"又大谈一番"程朱二气屈伸之理，疏通证明，词条流畅"，使听者频频点头，"共叹宋儒见理之真"。不想临别时老人却交代，自己就是一个"泉下之人"（《阅》1:14）。在另一个故事里，一个遇鬼之人，问其做鬼之后，是否即"魂升魄降，还入太虚？"鬼答："自我为鬼，即在此间。今我全身现与君对，未尝随氤氲元气，升降飞扬，子孙祭时始一聚，子孙祭毕则散也。"（《阅》18:12）

---

    ① 早自明代中期以来，就有越来越多的儒者倾向于肯定存在着一个不灭的灵魂和一个儒家式的天堂。但要在死后成为"鬼神"，并不是每个人都可以做到的，而是依赖于其生前的道德修养。换言之，只有圣贤才能保持一个"个体性神魂"（吕妙芬，2017: 43—69；王汎森，2004: 66—87），而且并不限于汉宋之争，比如对汉学宋学皆不满的颜元（1635—1704），批评朱熹所穷之理"十之七分舛谬不实"，举出的一个证据就是，鬼神的实存既有经典可凭，又有"世人经见许多声形可据"，岂能尽说是"气之屈伸？"（颜元，2012: 494）

    ② 朱熹继承张载的观点认为，鬼神只是阴阳二气"屈伸往来"的状态。"其气归而息，故谓之鬼。其屈升往来而不息者则神也。"已死之人，一切散尽，并且不会再来。人之气即祖先之气的延贯与分派，故子孙祭祀祖宗，"尽其诚敬"，便可感格"祖考之魂魄"重新聚拢，祭毕仍散。不过，这个被感格而来的气，说穿了，也还只是与祖考相连续的"自家之气"（黎靖德，2004: 33—55）。

句句都是针对朱子而发。①

更为关键的是，纪昀在这个问题上的看法，并不只纠缠于鬼神之存在本身，也关系一种不同的知识论立场。有次他听人讲了一桩没于河水的石兽反在上游寻到的事情后，慨叹道："然则天下之事，但知其一不知其二者多矣，可据理臆断欤？"（《阅》16:14）他这里表达的是清代考据学者的一个共同主张：理不易明，人的见闻有限，决不可"于理不可解者皆臆断，以为无是事"（《阅》5:41、4:36）。其针砭的对象就是理学家。纪昀笔下的宋学家，大都一副天理在手的模样，其实更多地是一种无知和傲慢的象征。从这个意象中，纪昀再一次向读者展示了开放的世界观和博学主义之间的联系："天下之大，无所不有。宋儒每于理所无者，即断其必无。不知无所不有，即理也。"（《阅》6:15）

不过，纪昀自己有时也难免遭人嘲笑。有一次他听及孺

------

① 田浩（Hoyt Tillman）指出，"朱熹很少否认物怪神奸事物的存在"，他毋宁是尽力"在其哲学系统内为这种现象找出理性的解释"（田浩，2011：255）。程朱在这方面的态度和纪昀的看法其实也并无根本差别。纪自己也曾说：无鬼论非朱子所创，"朱子特谓魂升魄降为常理，而一切灵怪非常理耳，未言无也"（《阅》14:12）。事实上，笃信理学的士人中，为鬼神之说辩护者并不少。因此，我说鬼神之有无是清代学者与宋学鏖战的疆场之一，并不意味着宋学家必定持无鬼论，而汉学家都是鬼神的拥护者。准确说来，作为无鬼论者的宋学家形象，主要出自其反对派的想象；而如同我在"导言"中所说，反对宋学的清儒，是既不限于亦不等于"汉学家"的。

爱讲，"尝亲见一蝇飞入人耳中为祟，能作人言，惟病者闻之"。纪表示不信："蝇之蠢蠢，岂能成魅？"他认为，这很可能是"魅化蝇形"，而不是蝇化为魅。他也承认，前人书中亦曾记载类似事件，但断言那都是"小说妄言，不足据也"。徐时栋读到这里，立即以其人之道还治其人之身："此等事岂能常有，何得以仅见谓之妄言？此又宋儒执理之故态也。"（《阅》18:38及"徐评"）徐氏所说的"宋儒故态"，和纪昀的用法是一致的，可知有关宋儒的这种形象乃是其时不少人的共识。

纪昀虽然批判宋儒执理断事，但在他心中，事和理之间，起决定作用的还是理。在讲了一个女鬼请画家张无念为自己画像的事后，他说："或曰：狐也，非鬼也。于事理为近。或曰：本无是事，无念神其说耳。是亦不可知。然香魂才鬼，恒欲留名于后世。由今溯古，结习相同，固亦理所宜有也。"（《阅》12:58）又一个"理所宜有"。这也并非纪昀独有的思维方式。《笔记》中有一条说，罗仰山为同官倾轧，诸事不顺。夜梦有老人告知，罗与其同事，乃是宋初大画家黄筌（约903—965）与徐熙（？—975）转世。二人当初即有积怨，今日才得此报偿。道光时人徐珤读后，以为二人之恩怨尚不足使其数百年后还要报复，不过还是表示："事虽可疑，而理实可信也。"（《阅》5:5"珤评"）

"理所宜有"是否实有，固未可知，但可看出纪昀对"理"的重视。他为了给灵异事件找到合理的解释，不惜反复推敲，提出各种可能。和"回煞"一样（参看第二章），"横亡者必求代"也是让他苦思不解的现象。他最初推测这可能是阴司借此警醒世人"不敢轻生"的手段，然而又觉此法终有流弊，只好归结为："天下无无弊之法，虽神道无如何也。"（《阅》12:41）但这还是没有让他满意。他想到："自刭、自鸩以及焚死、压死者"，亦是死于非命，却从"不闻求代"，要找替死者的只是缢鬼和溺鬼；而即使是求代者，也各有不同："夫自戕之鬼候代，为其轻生也；失足而死，非其自轻生；为鬼所迷而自投，尤非其自轻生，必使辗转相代"，此皆"何理？"然而既有大量传闻，又不可一概否定。他思来想去，终于想到一个有"理"的解释："余谓是或冤谴，或山鬼为祟，求祭享耳，未可概目以求代也。"（《阅》13:25）仍带推测性质，但他显然觉得较前说更能站得住脚。

　　这个例子也告诉我们，除了作为论断事之有无的依据，推理也成为理解故事情节、确定怪物真实身份的手段。纪昀可以根据雷电的不同表现，判断它究竟是"击人之雷""击怪之雷"还是"寻常之雷"（《阅》14:4）；或者根据怪物的行为，判断其种属：大体上，把纸铤当作金银的，就是鬼；"饮食皆真物"的，则是狐（《阅》15:11）。有一次，其表兄刘香畹讲了一个老儒以砚击鬼的事，说：事后又有人遇到此鬼，见其"面上仍墨污狼藉"。纪昀则认为："鬼有形无质"，必不能面上染色。此"当仍是有质之物，久成精魅"，不过是幻为鬼形而已（《阅》22:1）。[1]

除了这种零星推究，也会有系统化的专题研讨。有次纪昀和学生伊秉绶（号墨卿，1754—1815）探讨梦的成因。二人把梦分作四类："意识所造"者、"气机所感"者、"意想之歧出者"和"气机之旁召者"；接下来又讨论了占梦术，以为其虽有"附会"，应亦实有。但古人各种记载，又确有超出上述分类者：有时是意识不能造，有时是气机不必感。更令人不解的是："天下之人如恒河沙数，鬼神何独示梦于此人？此人一生得失，亦必不一，何独示梦于此事？"鬼神于梦中给人启发，又往往出以哑谜，是其"日日造谜语，不已劳乎？"不分大事小情，即"猥琐"不足道如吃肉者，亦示梦相告，"不亦亵乎？"这些皆是"不可通"者。此外，也有些记载纯是"记录者欲神其说，不必实有"者。经过这番梳理，二人信心十足，自认发现了占梦的通则："凡诸家所占梦事，皆可以是观

---

[1]　明人游潜的《博物志补》说，鬼神是"二气之良能"，就没有形与声，"然于有所见有所闻者，物怪耳"（栾保群，2017A：101）。游潜这里讨论鬼神，用的还是理学家的标准说法，和纪昀不同，不过思路却是异曲同工。同时也可以看到，对鬼叫之说，怀疑的不是王棨华一个人（参看第二章）。

之，其法非大人之旧也。"二人都是饱学之士，腹笥甚宽，在考论中旁征博引，思虑周详，宜乎有此自信，而他们使用的，主要还是"以理推求"的方法（《阅》21:21）。

袁枚不喜大段说理，但有时也会将同类现象罗致一处，系统爬梳。他考察过"尸奔"现象，将其分作两类。一是感阳而生：人死阳气尽绝，尸体乃"纯阴"之物，遇到生人阳气旺盛者，"骤触之，则阴气忽开，将阳气吸住，即能随人奔走"。他提醒读者，人仰卧时，阳气多从足心涌泉穴而出。若与死者对足而卧，"生者阳气尽贯注死者足中，尸即能起立，俗呼为走尸"，就是感阳的一种。在这种情况下，尸体口不能言。另一类则是传说中的"黄小二"，尸体能够说话。其实是因为"槁死之魂，久则成魅"，凭附在新死的尸体上，出以祸人。如果无尸可凭，就成黑眚；其气被雷火击散，则会引发瘟疫（《续》5《尸奔》）。在另一篇中，他又把僵尸分作游尸、伏尸、不化骨三种，分别讲述了它们的特征和来历（《续》5《骷髅三种》）。

袁枚的做法和纪昀、伊秉绶是一样的，不出收集事实、分别门类、比较现象、归纳特点、解释缘由这几项。这与薛凤（Dagmar Schäfer）总结的明代中后期以降的学者们更为专业性的知识探讨方式也差不多："其一，他们都意在（从完备整体或者局部的视角）展示一个完整的关联；其二，他们都界定求知的承递脉络（从同质性或者从差序、次序、因果关系入手）。"（薛凤，2015：55）尽管志怪的目的及著述风格、体例均与薛凤研究的对象不同，但相似性显然不是巧合，而代表了明代后期到清代心智探索活动的共性。

把这些讨论和一个早期的例子做个对比，这一点就看得更清楚。薛爱华注意到，唐末薛莹曾在传奇《洛神传》中，塑造了一个织绡娘子的角色。通过对话，"用一套在她看来'合理'的术语，来解释那些众所周知的历史事件和神仙故事"，包括柳毅传书之有无、龙是否畏铁、剑和梭等是否能化身为龙、龙会不会生病、是否嗜饮燕血、有何爱好等。她像一个龙的知识专家，力图澄清人们的误解（**薛爱华，2014：189—191**）。不过，除了偶尔援引五行学说，她的讲授基本不涉及原理层次。她只讲"是什么"，不讲"为什么"，身份更接近于幽冥知识的"专家"（参看第一章），和纪昀、袁枚所做的系统性探讨比起来，层次低了很多。

另一个可资比较的例子是清初小说《豆棚闲话》中的第十二则《陈斋长论地谈天》。其中有一个诨名"陈无鬼"的讲学家，以回答大众提问的方式，大谈"无极而太极"的道理，将宇宙描绘为一气之化生，就此否定了释、老二教和天堂、地狱、神鬼的存在。这位迂腐好辩的老夫子，乃是时人心中理学家的活画像，也正符合纪昀设想的论敌形象。不过，陈氏还是同意：世上间或有"非常之变"，"乃是灾祸征兆"。其时，"五行皆成妖怪"。唯"圣人只道其常，不肯信此怪事，以启人迷惑之端"耳（**艾衲居士**，2013：105—114）。陈无鬼的演讲风格是说教型的，但也还是要面对听众质疑，试图将其观点放在更坚实的思辨基础上。就此而言，他和纪昀等人的研讨式做法虽有很大差异，却也不无相通：都是以"理"为中心来思考幽冥之"事"。

这种系统性探讨往往导致很多怪异现象（一定程度上）的"去怪异化"。一般情况下，遇到灵异事件，纪昀都试图从更平常的角度来理解。比如，海滨渔民经常看到"水云澒洞中，红光烛天"，并有"断椽折栋，随潮而上"。隔几天，"必互言某匠某匠，为神召去营龙宫，然无亲睹其人话鲛室贝阙之状者，第传闻而已"。纪昀认为，这只是"重洋巨舶"失火而已，"水光映射，空无障翳，故千百里外皆可见"（《阅》9:40）。翰林院侍读索尔逊对纪昀说，他参加征讨小和卓木（？—1759）之役，途遇大雪，夜宿行帐，"苦无枕，觅得三四死人首，主仆枕之，夜中并蠕蠕掀动，叱之乃止"。索尔逊对此颇为介怀，以为是自己"命衰"之相。纪昀说，此与鬼怪无关：断首之人，"生气未尽，为严寒所束，郁伏于中；得人气温蒸冻解，而气得外发，故能自动。已动则气散，故不再动矣。凡物生性未尽者，以火炙之皆动，是其理也"（《阅》

112

13:47）。他还强调，身体怪异之人并非妖孽，也非祸患的征兆和感应，不过是"偶感异气"而已（《阅》11:27）。这都是试图用自然之理去解释怪诞之事。

要注意的是，纪昀认知的自然之理，也包括了因果报应。他在乌鲁木齐养了一条叫四儿的狗，伴其回京，途中风餐露宿，异常忠诚。他得到这条狗的前夜，曾梦见死去的仆人宋遇道："念主人从军万里，今来服役。"第二天即见到四儿，故知其为宋遇转世。然而宋遇为人时异常"阴险狡黠"，为诸仆之冠，"何以作犬反忠荩？岂自知以恶业堕落，悔而从善欤？"徐时栋认为，这个解释太迂曲了：狗是世间最忠实的动物。宋遇既已转生为狗，"自然犬性。惟此犬或识其故主，故更忠于他犬耳"，谈不上什么"补过"（《阅》5:40）。显然，徐时栋此处的解释比纪昀更接近今人理解的自然主义立场。[①]

事实上，宋元以来的士大夫多半受有自然主义影响。袁枚尽管把许多地理奇观放入《子不语》中，但当有人赞叹"造物矜奇乃尔"的时候，他并不以为然："此岂造物之有意为

___

[①] 艾尔曼提出，在17世纪的欧洲，"自然主义的目标是根据自然哲学来解释奇迹和异常现象产生的原因，而不仅仅将其归因于纯粹的奇迹"。按照这个定义，徐时栋这里的看法和纪昀的大部分论说都属于自然主义观点。艾氏在书中还专门讨论了明代中国和近代早期欧洲"异常现象"的"自然化"（艾尔曼，2016: 20—24）。

哉？使有意为之，必不能成如是形；就成如是形，亦不能有此奇变。惟其气化推迁，偶然而生，适然而成，正恐造物有意不为之，而反有所不能。"（袁枚，2014：1785）纪昀也宣称："理始于一，而其气不能不有二。气分于二，而其类不得不各从无心成化，不必物物皆雕也，而莫知其然，皆能顺其自然。"（纪昀，2010：27）

这也影响了他们对因果报应的解说。有人质疑溺鬼轮替的规矩："人生天地间，阴阳鼓荡，自灭自生，自食其力，造化哪有工夫管此闲账耶？"（《续》3《打破鬼例》）诗人胡绍鼎（号牧亭，1713—1776）转述其乡有冥官言冥司，也说："六道轮回，不烦遣送，皆各随平生之善恶，如水之流湿，火之就燥，气类相感，自得本途。"纪昀叹其"语殊有理，从来论鬼者未道也"（《阅》9:23）。在此，报应被当作自作自受，并不靠人格化的神灵或组织的操纵，正和通常说法相反（当然，这并没有使他们否定阴司的存在）。

将"非常"化为"平常"，的确就是许多儒生的目标所向。胡司德（Roel Sterckx）已指出：在先秦两汉，一件事物是否怪异，更多地与知识有关："'怪'起于无知。"一旦被归入人们已经掌握的认知范畴，也就"无怪可言"了（胡司德，2016：269—273）。这个观念在后来并未发生多大变化。纪昀就在一桩果报奇迹后评论道："事虽异闻，即谓之常理可

114

也。"（《阅》18:40）王棪华宣布："余生平不信怪异，谓每逢异事，初闻似异，细揣皆有理在，故天下并无异事。"（王棪华，2017：71）尽管其书中述奇论怪的篇幅不少，但不妨碍他认为，从根底处看，这个世界的一切都是合理的——包括"天下之大，何奇不有"这个原则本身（参看第二章）。吴昌炽表示："有理可明，虽怪犹常；若无情理，徒骇人听闻，斯圣人不语。"似乎是认可确有"无理"之怪，不过他马上补充："同一怪事，有理无理，庸愚所不能明，姑置之，以候达者。"（吴昌炽，1985：104）借此，他为自己记录的奇闻怪事找到了理由：不管它们听起来有多么怪异，很可能都是"有理"的。

自然主义立场并不会将怪异彻底消解。徐时栋对四儿行为的解说，就建立在认可宋遇转世为犬的前提下。《笔记》中有一条讲虹的生成，先是纠正"虹见则雨止"的俗说，以为恰好相反，乃是"雨止则虹见"。这是因"云破日露，则回光返照，射对面之云。天体浑圆，上覆如笠，在顶上则仰视，在四垂则侧视，故敛为一线。其形随下垂，两面之势屈曲如弓。又侧视之中，斜对目者近，平对目者远。以渐而远，故重重云气，皆见其边际，叠为重重红绿色，非真有一物如带横亘天半也"。可是笔锋一转："其能下涧饮水，或见其首如驴者（见《朱子语录》），并有能狎昵妇女者（见《太平广记》），当是别一妖气，其形似虹；或别一妖物，化形为虹耳。"
(《阅》18:37）不妨设想一下，一个科学家读到这段话，脸
上的表情会做何变化。然而，这才真是那时人的观念（参看第
二章）。[1]妖气和妖物，当然都是"怪"，但也都是"正常"
的"怪"，并未超出"理"的范围。

如同宋人邓有功所说，幽明虽然殊途，还是分享着同一
套原理："天人虽异，理则一致。"（**邓有功，1977：798**）
这个"理"，具体来说，就是明清时代广泛流行的："明有礼
乐，幽有鬼神。"它主要指向的是伦理，不过也含有事理之
意（其实，对时人而言，伦理和事理之间并没有一个清晰界
线）。而幽明之理的平行性，也意味着它们可以彼此类推，相
互印证。比如，阮葵生（1727—1789）就把"明有礼乐"，当作
了"幽有鬼神"的证明（**阮葵生，2014：88**）。

纪昀曾向张天师请教驱役鬼神的原理。张天师老实承认：
"我亦不知所以然，但依法施行耳。"不过，他还是做了一番
解说："大抵鬼神皆受役于印，而符箓则掌于法官。真人如官

---

① 　纪昀的表述或使人误解。朱熹的主张其实是："虹非能止雨也，而
雨气至是已薄，亦是日色射散雨气了。"又说："螮蝀本只是薄雨为日所照成
影，然亦有形，能吸水，吸酒。人家有此，或为妖，或为祥。'已经注意到，虹
的形成有其自然原因，不过，其解释没有纪昀那么详密，而且未区分这两种
不同现象。另一方面，朱熹对冰雹的看法和纪昀此处的思路亦有相似之处：
他既认为雹是阴阳之气在"上面结作成底"，也认可有些是蜥蜴所造，"只谓
之全是蜥蜴做，则不可耳"（黎靖德，2004：24）。

116

长，法官如吏胥。真人非法官不能为符箓，法官非真人之印，其符箓亦不灵。中间有验有不验，则如各官司文移章奏，或准或驳，不能一一必行耳。"纪又问："设空宅深山，猝遇精魅，君尚能制伏否？"天师道，那好比"手握兵符，征调不及，一时亦无如之何"。纪认为其言"颇近理"，"颇笃实"，"然则一切神奇之说，皆附会也"（《阅》47:20）。张天师用纪昀最熟悉的官僚体制作为张本，自然对他具有说服力。而前边说到的那位攻击宋学之鬼，在被问及神灵有无时，也采用了同样的修辞："鬼既不虚，神自不妄，譬有百姓必有官师。"（《阅》18:12）在此，人间的政治秩序又被转化为幽冥内部的阶层区分。

周安士在《欲海回狂集》中设想了一段对话："问：六天福德，愈高愈重；六天欲念，愈高愈轻。理固然矣。但谁人见之？"答道："善言天者，必有验于人。"虽然我们不能直观到欲界六天的存在，但看看身边的人，"寡欲者享厚福，耽色者遭奇祸"，自然知晓。"若必目击之而后信，则愚孰甚焉？"（周梦颜，2015：768）可知类推论证的方法，就建立在灵异知识与世俗知识的落差之上：前者无法验证自身，必须要仰赖后者的支撑才能成立。

类推法也不止发生在"常"与"非常"之间。一个灵异事件，也可以为人们理解同类现象提供参考。纪昀讲到，都察院库中有大蟒，每于夜间出游，纪自己就曾亲见两次。此蟒身躯直径应有五寸，可是，库门和库房墙壁都无缝隙，只有不到两寸的窗棂，不知其究竟如何出入？纪猜测，它应像狐仙一样，可以变化形状（《阅》2:37）。后来他又听人讲到另一条蟒蛇，可以"渐行渐缩，乃至长仅数尺，盖能大能小，已具神龙之技矣"，遂悟及督察院的大蟒"亦犹是也"（《阅11:13》）。纪昀这里使用了两个相互衔接的类推：先由狐仙的行为推及蟒精，又依据后一蟒蛇的行为，确认了这个推断的成立。

有效的类比（类推）不仅有助于人们解开怪异现象的原理，也通过在灵异与平常以及不同灵异现象之间建立起跨界联系，使人相信，包含幽明的整个世界，无论看起来多么不可思议，在终极意义上都不出"理"的范围。[①]当纪昀承认幽冥也是有"理"的，而且"无所不有"本身就是"理"的一部分的时候，他已经把事、理统合到了一起。这样，再回到本节开端引用的纪昀那句话，就可以知道：事外之理和理外之事都只是

---

① 作为中国传统认知方式的基本特征，类推和譬喻也是中国传统认识理论的起点（郑毓瑜，2017）。但这情形同样不是中国文化所独有。认知语言学家乔治·莱考夫（George Lakoff）和马克·约翰逊（Mark Johnson）曾言简意赅地总结道："人类的思维过程在很大程度上是隐喻性的"，"人类的概念系统是通过隐喻来构成和界定的。"（乔治·莱考夫、马克·约翰逊，2015：3）

一种暂时的认知状态，而非世界的本质。这个假定使得幽冥世界不断向知识探索敞开大门——这再一次提示我们，"存而不论"并不等于"不可知论"（参看第二章）。尽管他们对这个观念的表达仍相对模糊，不过可以肯定，在他们眼中，确如朗宓榭一部近作的标题标示的那样："小道有理。"

尽管纪昀把宋学家看作自己的头号论敌，但我们比对一下朱熹的两句名言，一句是"天下未有无理之气，亦未有无气之理"，一句是"但有此气，则理便在其中"（黎靖德，2004：2、3），和没有理外之事、也没有事外之理的主张，岂非殊途同归；而朱熹著名的"理在事先"论，肯定"理"在逻辑上的优先性，不就是纪昀好说的"理所宜有"吗（虽然他们所谓"理"的内涵并不一致，对于理事关系的理解也未必相同）？尽管和宋学家的冲突不断，但并不妨碍他们共享同样的假设、推理和修辞方式。用我们在导言中的比喻来说，他们仍是一个盘子里滚动的弹珠——当然，也正因此，他们之间的相互撞击也势不可免。

二

作为清人"推求"灵异世界出发点的"事理"，基本不出传统的气化、阴阳、感应等范畴。对此，陈德鸿已有解说，

119

此处不再展开。①这些概念适合于纪昀，也适合于袁枚（如
《续》5《尸奔》《人气分尘》，《续》8《鸡毛烟死蛇》
《谢珍格物》等），以及同时代的其他作者。事实上，它们
也是传统中国所有类型的知识探索共同遵循的典范（尽管每
个人的使用方式各有差异）（薛凤，2015：61—83、182—
233）。这除了再次证明"常"与"非常"之间并没有一条不
可逾越的鸿沟之外，也告诉我们，纪昀为何能够自如地面对许
多异象，做出头头是道的辨析，最后得出"其事似异，实则常
理"的结论（《阅》24:10）。

　　除了这些更具普遍性的原理外，也有一些原理是特别针
对幽冥的，比如东晋葛洪（284—364）《抱朴子》中已经出现
的"物老成精"说，就被频繁用来解释精怪的由来（《子》1
《南山顽石》、6《秦毛人》，《续》8《烟龙》，《阅》
14:47、15:26、15:43）。此外，"形"和"质"这一对概
念也提供了非常具有说服力的思考线索。人们相信，有形者
未必都有质，比如黑眚，据说就是"形如人而无质，仅黑气
一团"的怪物（《续》8《黑眚畏盐》）。根据一个狐仙的

---

　　① 与我的表述略有不同，陈德鸿的讨论主要集中在气、变、阴阳三
个概念上（Leo Tak-hung Chan, 1998: 132–142）。有意思的是，纪昀在解说
中很少使用五行的概念，袁枚也只有一处用到五行生克之理（《子》18《白天
德》）。

说法，由"山川精气，翕合而生"的"木石之怪"（比如夔和罔两等），会经过一个从有形无质逐渐演进为有形有质的过程："其始如泡露，久而渐如烟雾，久而凝聚成形，尚空虚无质"，只能现为身影，"再百余年，则气足而有质矣"（《阅》15:43）。

形质之别决定了不同怪物的行为模式。纪昀指出，虽然狐、鬼皆能变幻，但"鬼有形无质，纯乎气也；气无所不达，故莫能碍。狐能大能小，与龙等，然有形有质。质能化而小，不能化而无，故有隙即遁，而无隙则碍不能出。虽至灵之狐，往来亦必由户牖"（《阅》14:42）。人们据此就可验明它们的正身。他断言那个被墨打脸的鬼其实是精魅所托（见上文），怀疑僵尸能够有所行动（参见第二章），所依据的都是这个原理。①

在这方面，《子不语》还有一个有趣的事例：唐执玉（1669—1733）在直隶总督任上，遇到一桩杀人案，已定谳。某夜，唐忽见"一鬼浴血跪阶下"，哭泣叩首："杀我者某，县官乃误坐某，仇不雪，目不瞑也。"唐答应为其雪冤，鬼方去。"翌日，自提讯，众供死者衣履与所见合，信益坚，

---

① 鬼有"形"无"质"，只是清人志怪中比较明确的看法，但在实际叙事中，又往往不自觉地把"质"的特征赋予其上（栾保群，2017：87—100）。

竟如鬼言改坐某。"问官则坚执原判无误，争执良久。唐的一位幕友听闻此事，问唐："'鬼从何来？'答：'自至阶下。''鬼从何去？'曰：'欻然越墙去。'幕友曰：'凡鬼有形而无质，去当奄然而隐，不当越墙。'"细查，果然发现此系囚犯贿赂大盗所为（《续》5《唐公判狱》）。正是坚信鬼有形无质，为幕友断案提供了关键线索。

形、质概念也被用来理解怪异现象的成因。袁枚曾将阴阳、形质、物老则变等原理结合起来，讨论为何年久无人的房屋很容易产生妖魅。在他看来，老屋"积受人气，与日月风露之气交感"，历经百年，即"生影于木石之中"，千年之后"则积影成形"。因其"无质而藉气以成形，故能变幻一切"。只需以火燃酒烛之，就会立现原形，硫磺气亦能避之使退（《续》5《人气分尘》）。这和纪昀讲的鬼、狐差别一样，都是认为有形无质之物活动空间更大，所受限制更少。窦光鼐（号东皋，1720—1795）做浙江学政时，署中有一小儿，往来驱使，甚是勤快。"后遣移一物，对曰：不能。"细问才知，原来他是前任学使之僮，"殁而魂留于是也"。他"有形无质"，只"能传语，而不能举物"。纪昀以为此说"于事理为近"。可是也导致一个问题："然则古书所载，鬼所能为与生人无异者，又何说欤？"（《阅》13:67）

纪昀此处触及了幽冥文化中一个重要现象，就是各种说法之间的逻辑冲突。中国的怪异知识传统本由来自不同历史时空的经验和传说构成，层累积薪，异象纷歧，前后不能关照，本在情理之中。①比如在唐代之前，民间崇拜最广的神灵是汉代的朱虚侯刘章（前200—前176）。到了宋代，关羽（160—220）显灵协助张天师打败在山西解州盐池为祟的蚩尤之魄，获得朝廷表彰。这之后，其地位才逐渐替代刘章。吴骞对此就颇感困惑：首代天师张道陵（34—156）本来乃是"黄巾妖贼"，关羽则是"以破黄巾起家"的，二人势不两立，关公却于"冥冥之中又听天师号令"。这该如何理解？若此事非真，关公即应将张道陵明正典刑；若此事不假，为何张位在关上？"吾未见道陵之贤于关公也。"（吴骞，2015：42）关公的成神史和汉末的史实本是两回事，但吴骞显然把它们放在了同一平台看待。②必须说，站在他的立场，这番质疑的确有力地揭示了其间的冲突。

另一方面，这些故事也容受了儒、释、道等不同思想体系的影响。宋元以后，三教混杂趋势虽然日益显著，但它们对

---

① 韩瑞亚注意到，有关狐狸的某些古老的知识一直被沿用，但通常都保留在理论性质的概说中，有时甚至与实际故事情节相抵触（韩瑞亚，2019：58、84）。显然，后者是随时代而变易的。但这并不妨害它们在志怪中的并存。

② 一般来说，在志怪中，这类史实冲突并不常见。比如，袁枚和纪昀都曾说过，江苏吕城一造关帝庙，立有祸患（《子》6《吕城无关庙》，《阅》19:20）。盖吕城传为东吴大将吕蒙（179—220）所筑，而关羽就死于其手。

具体现象的不同理解，仍难以消除，同样造成不少矛盾。比如儒家讲究的宗法制度和佛教教义中的轮回观念，就处于严重冲突中，一直是人们聚讼的焦点（钱大昕，1989：36—38；周梦颜，2015：444）。交河儒生及方言，遇到一位视鬼者和一位走无常，共话幽冥。"因问：'冥司以儒理断狱耶？以佛理断狱耶？'视鬼者曰：'吾能见鬼，而不能与鬼语，不知此事。'走无常曰：'君无须问此，只问己心。问心无愧，即阴律所谓善；问心有愧，即阴律所谓恶。公是公非，幽明一理，何分儒与佛乎？'"（《阅》11:38）纪昀对走无常之言甚是激赏，然而其实他完全没有回答及方言的提问，只不过以不了了之罢了。然而这也恰好说明问题的棘手。

　　韩森发现，中古时期冥府游历者的报告，"对阴间法司的结构很少有相同的描述"，似乎他们去的根本不是同一个地方（韩森，2008：175）。不过，随着它们逐渐汇入主流的灵异文本传统，很多相互冲突和不相协调之处也会在不断叙述中得到调整，趋于同化。明清时代对冥司的大部分记录都很相似（尽管仍有个别细节的差异），就是这种文本趋同化的结果。这类例子还有很多。比如，在早期记录中，鬼神是真的将人间贡献的祭品吃进肚子里去。但这和人们的日常经验实在相去太远，所以后来就变为：他们只需闻一下，就能吸收食物的精华（来保群，2017B：80—82）。不过，这种修改并不是一个有计划的工程，而是缓慢、随机展开的，遗留的矛盾仍然不少。

此外，还有一个作者或讲述者的因素。同样是讲故事，有人粗枝大叶，破绽百出；有人心思缜密，有缝即补。《子不语》中有一条，讲康熙三年浙人方文木漂泊海外孤岛，遇毗骞国王事。国王告诉方：每隔十二万年，天地就会重新开辟一次，届时便有一盘古出现，至今"已有盘古万万余人"。而每一次新世界，其实只是旧世界的翻版：

> 当第一次世界开辟，十二万年之中，所有人物事宜，亦非造物者之有心造作，偶然随气化之推牵，半明半暗，忽是忽非，如泻水落地，偶成方圆；如孩童着棋，随手下子，既定之后，竟成一本板板账簿，生铁铸成矣。乾坤将毁时，天帝将此册交代第二次开辟之天帝，命其依样奉行，丝毫不许变动。以故人意与天心往往参差不齐，世上人终日忙忙急急，正如木偶傀儡，暗中有为之牵丝者，成败巧拙，久已前定，人自不知耳。

事实上，包括"康熙三年，浙江方文木泛海至毗骞国，应将前定天机漏泄，俾世人共晓，仍送归浙江"这件事本身，也在此"账簿"中。袁枚的叙述严格遵循了命定论与循环论原则，尤可从下面的细节中看出：方文木告别国王时，不禁泣下。"王摇手曰：'子胡然？十二万年之后，我与汝又会于此矣，何必泣为？'继而笑曰：'我错我错，此一泣亦是十二万年中原有此两条眼泪，故照样誊录，我不必劝止也。'"（《子》5《奉行初次盘古成案》）可谓神来之笔，一丝不苟。[1]

需要声明的是，我的意思并不是说，对历史和叙事逻辑严密性的关注，乃是乾嘉时期才出现的新事物。且看《太平广记》中的《陆乔》（原出唐人张读《宣室志》）：唐宪宗元和时期（806—820），进士陆乔偶遇南朝沈约（441—513）之鬼，相谈甚欢。沈令其子青箱出见客人，并诵自作律诗一首。陆乔怪道：齐梁诗"皆不拘音律"，世人"好为律诗"，起自初唐沈佺期（约656—约715）、宋之问（约656—约712），青箱诗为何酷肖"今体"？沈约道："今日为之而为今体，亦何讶乎？"（李昉等，2013：2717—2718）钱锺书谓其懂得"解嘲补辖"（钱锺书，1991：664）。不过，世上毕竟粗心人多，细心人少，只要看钱氏所举诸例即可知道，志怪作品错置时代的情形，比比皆是。那两个栽在严长明和陈瑞庵手下的

---

[1] 当然，此中仍有细小的罅漏："我不必劝止也"一语，仍暗示了自由意志的存在。

126

冒失鬼，生逢崇尚考据之世，又遇到饱读诗书之人，不肯避短藏拙，反而故布玄虚，宜乎被人一言戳破，颜面大扫（参看第二章）。

从纪昀等人的记录可以看出，有几种矛盾是时人关注较多的。一个是果报的时间问题。善有善报，恶有恶报，是志怪和善书宣扬的基本原则。这个原则的成立，又有赖于一个补充原则，就是纪昀所说的：报应之中，常有"乘除进退"，往往是综合"数世"情形而定，不能以一时之灵验或不验，来断定天道之有无（《阅》15:28）。说法甚是圆融，但有些报应拖得太久，难免会降低其说服力。比如，一位被怨鬼索命的老妇，忆起自己前世曾为男子，杀妻杀子，遂自愿接受惩处，并请其弟将此事"传说于世，使知因果显应，虽隔世不相宽假"。但其弟终不能接受，质问冤魂："何不索于既死之后，而容其再转人身，迟至七十余年之久？"（《续》2《叶氏姊》）在另一个例子中，被索命者的家人诘责冤鬼的，是同样的问题（《续》2《天蓬尺》）。

袁枚还记录了一场推迟更久、规格更高的审判：山东驿盐道卢宪观（1701—1759）有次暴毙，复苏后自称前世乃汉初名将英布（？—前196），曾受刘邦（前256—前195）指示，弑杀义帝熊心（？—前206）。刘邦当时却诬称此事乃项羽（前232—前202）所为，使项蒙受不白之冤。为此，项羽讼其于上帝之处，帝乃令英布出庭接受质询，事毕复苏。旁人问："何以迟二千年而谳始定？"卢道，这是因为项羽坑杀咸阳降卒二十万，"上帝震怒，戮于阴山受无量罪。今始满贯，方得诉冤"。袁枚由此想到王士禛《池北偶谈》里有一条讲张巡（708—757）之妾向张复仇一事，"亦迟至千年"。[①]虽情由不同，而可互为印证："盖张以忠节故，而报复难；项以惨戮故，而申诉亦难也。"（《子》1《汉高祖弑义帝》）袁枚或故事的讲授人显然已经料及这场拖延太久的审判有可能招来的质问，故预先献疑；故事给出的解释，则不但解除了读者的困惑，也透过项羽自身的遭遇（罪过和冤屈得到分别处理），向世人证实了冥罚的公正。

项羽是名人，这番理由也是为其量身定制，至于芸芸众生，则只有一些现成格式可以套用。其中最常见的有两种：

---

① 安史之乱，睢阳被围。张巡、许远（709—757）同守孤城，坚持经年，士兵多饿死。张巡乃杀妾以飨士卒，事见《新唐书》卷一百九十二《忠义》中张巡本传（欧阳修·宋祁，2012：5538）。袁枚所言，见《池北偶谈》（王士禛，2011：589）：会稽诸生徐蔼腹中生了一个肿块，疼痛难忍。又过了一年多，那肿块开始说起话来。徐临死前，看到一位白衣少妇问他："君识张睢阳杀妾事乎？君前生为睢阳，君即睢阳之妾也。君为忠臣，吾有何罪？杀之以飨士卒。吾寻君已十三世矣，君世为名臣，不能报复，今甫得雪吾恨。"言毕不见，蔼亦死。王还特意交代，此事是徐蔼门人范思敬在京师所说。袁对王说极为赞赏，曾著《张巡杀妾论》讨论此事（袁枚，2014：1596—1597），以为"稗史言虽不经，然足证人心之所同"。纪昀的意见则恰好相反。《笔记》中专门有一段，是反驳王士禛的（《阅》6:31）。

128

一是将报应之迟，归结为仇人轮回，冤魂多年寻觅不得所致（《子》15《吴犟》，《续》2《叶氏姊》）；另一种则是强调被寻仇者曾一度享有免诉特权。比如，有个怨鬼的仇人，一连三世，先后做到名将、高僧和显宦，怨鬼皆"不得报"；到第四世本来还是贵人，却因犯下重罪，禄位尽削，怨鬼方得乘间索命（《续》2《天蓬尺》）。不过，根据纪昀所记一个鬼卒之说，报应之迟，主要是因阴司用法谨慎，"但涉疑似，虽明知其事，证人不具，终不为狱成"之故。纪昀认为此说对"果报有时不验"，或者"生魂赴鞫"有迟有速的情形，提供了一个合理解说（《阅》9:53）。

冥报时有拖延，天罚的时间却又太过刻板。纪昀对宋以来小说杂记热衷讲述的"狐避雷劫"的主题表示不解。这种故事通常是讲，某狐仙预知将在某时遭遇雷击，便托庇于德行高尚或地位尊贵者身边，以避祸患，结果当然有成有败。纪昀自己也不止一次地记过这类故事（《阅》11:57、16:19），但他还是感到不解：狐若无罪，雷霆击之，"是淫刑也，天道不如是也"；狐若有罪，"何时不可以诛，而必限以某日某刻，使先知早避？即一时暂免，又何时不可以诛，乃过此一时，竟不复追理？是佚罚也，天道亦不如是也"。他坦承自己不知其因，期待有"格物穷理者"以解其惑（《阅》7:4）。

神灵的数量也是令时人感兴趣的话题。袁枚曾两次借故事中鬼神之口提出：关帝只有一尊，然"今四海九州皆有关神庙"，岂能"有许多关神分享血食"？根据知情者的交代，"凡村乡所立关庙，皆奉上帝命，择里中鬼平生正直者，代司其事"。至于真正的关帝，平日"在帝左右"，只有"天子致祭"时，"方始临坛"（《子》2《关神断狱》，《续》10《关帝血食秀才代享》）。各处观音庙的情形也是一样。所谓观音，有时甚至可能是狐仙所冒，为得人间香火，而这又是经过张天师任命的（《子》7《狐仙冒充观音三年》）！根据这种看法，无论是"关帝"，还是"观音"，其实都是一个"职位"。这种经由人间官僚体系移植而来的说法，比起常见的化身万亿之类的解释，无疑要更为"理性"。

《阅微草堂笔记》中至少有两处讨论到类似问题。一个涉及时人常用的催生符：

　　正乙真人能作催生符，人家多有之。此非祷雨驱妖，何与真人事？殊不可解。或曰："道书载有二鬼，一曰'语忘'，一曰'敲遗'，能使人难产。知其名而书之纸，则去。符或制此二鬼欤？"夫四海内外，登产蓐者，殆恒河沙数，其天下只此语忘、敲遗二鬼耶？抑一处各有二鬼，一家各有二鬼，其名皆曰语忘、敲遗也？如天下止此二鬼，将周游奔走而为厉，鬼何其劳？如一处各有二鬼，一家各有二鬼，则生育之时少，不生育之时多，扰扰千百亿万，鬼无所事事，静待人生育而为厉，鬼又何其冗闲无用乎？或曰："难产之故多端，语忘、敬遗其一也。不能必其为语忘、敬遗，亦不能必其非语忘、敬遗，故召将试勘焉。"是亦一解矣。第以万一或然之事，而日日召将试勘，将至而有鬼，将驱之矣；将至而非鬼，将且空返，不渎神矣乎？即神不嫌渎，而一符一将，是炼无数之将，使待幽王之烽火；上帝且以真人一符，增置一神。如诸符共一将，则此将虽千手千目，亦疲于奔命，上帝且以真人诸符，特设以无量化身之神，供捕风捉影之役矣，能乎不能？

层层推勘，思虑致密。可是他虽然质疑其理，却不能不承认其效："然赵鹿泉（引者注：赵佑，号鹿泉，1727—1800）前辈有一符，传自明代，曰高行真人精炼刚气之所画也。试之，其验如响。鹿泉非妄语者，是则吾无以测之矣。"（《阅》5:47）

另一处是针对灶王爷的，思路差不多：

不识天下一灶神欤，一城一乡一灶神欤，抑一家一灶神欤？如天下一灶神，如火神之类，必在祀典，今无此祀典也；如一城一乡一灶神，如城隍、社公之类，必有专祠，今未见处处有专祠也；然则一家一灶神耳。又不识天下人家如恒河沙数。天下灶神亦当如恒河沙数；此恒河沙数之灶神，何人为之，何人命之？神不太多耶？人家迁徙不常，兴废亦不常，灶神之闲旷者何所归，灶神之新增者何自来？日日铨除移改，神不又太烦耶？此诚不可以理解。

同样，这也没有消除他对灶神的信仰。不过，纪昀这次找到了一个似乎可以接受的假说："或曰：人家立一祀必有一鬼凭之，祀在则神在，祀废则神废，不必一一帝所命也。是或然矣。"（《阅》13:5）同袁枚对关帝、观音的理解倒有几分相似。

晚明以后，域外知识大量涌入，也对传统的幽冥文化提出了新课题。前边已经讲过，纪昀曾请教自号冥官的顾德懋，为何入冥者"所见皆中土之鬼，无一徼外之鬼"，顾不能答（第一章）。而生活于19世纪中期的宁波人徐时栋却为其找到了一个答案：入冥者既是中国人，所游当然就是"中土之冥司"，所见也只能是"中土之鬼"。然而这不意味着外国就没有阴司。当然，他并不能确断"荒外冥司之有无"，然而，

"近年西夷错处四明（引者注：宁波别称），其死也，闻有被宁波城隍司所拘唤者"，和"流民所到之地，即为其地官长所管辖"的道理相同。据此而推，外国当然也有自己的冥府（《阅》7:7）。看起来，是通商口岸里华洋杂居的新局面，为民间的灵异传说提供了新素材，也带给徐时栋以新灵感，使其能够回答这个数十年前还令人为难的疑问。[①]

周安士的著作中也有一段态度郑重的自问自答："问：梦中所见天榜，名次往往奇验，固无所疑。但世间每一国土，有一种字体，则天上必别有天书"，为凡眼所不识者；若不然，岂非乾坤倒置，"天上反奉人间之字"了吗？然而凡人又如何能识天榜？周的回答是："梦中天榜，皆由自心感通。自心但有此方之字，无天书之体，故所见亦唯此方之字耳。譬如梦中闻鬼神语，南方人梦，音同南方；北方人梦，音同北方也。"（周梦颜，2015：767）

和徐时栋使用的类推法不同，周安士借助于情境主义逻辑来化解其中的矛盾。所谓情境主义逻辑，我指的是，同一件事物对不同的人呈现为不同甚至是完全相反的意象。这是中国传统幽冥文化中被普遍遵循的原则之一。它建立在相由心生、境由心造的佛教观念基础上，也受到儒家思想中人本主义倾向

---

① 宁波地区的这些传说，很可能折射出当地居民针对领事裁判权的反应。

和感应论的影响。按照它的逻辑，即使存在一个"客观"世界，对我们来说也是被动的，是人的认识决定了它的面貌，而这又"客观"地依赖于我们自己是个什么样的人。所以，决定世界的意义乃至面貌的，不是世界本身，而是作为一个道德决策与行动者的人。因此，走在阴阳山前的同一条小路上，"居心坦白，公正无私者，则见此大道可行；巧诈欺伪者，则自投荆棘，徒受折磨"（《续》9《阴阳山》）。袁枚说："同是念经放焰口，而有验有不验，此之谓有治人无治法也。"（《子》22《鬼送汤圆》）运用的是同一思路。情境主义既保持了核心原则的稳固性，又具有灵活的适应力，对于处理神怪事件中的逻辑冲突，自是一种上佳选择。

纪昀曾揭出一个议题：轮回究竟有无？"谓鬼无轮回，则自古及今，鬼日日增，将大地不能容；谓鬼有轮回，则此死彼生，旋即易形而去，又当世间无一鬼。贩夫田妇，往往转生，似无不轮回者；荒阡废冢，往往见鬼，又似有不轮回者。"此中抵牾，如何解释？接下来，他讲了他的表兄安天石的一次经历。安氏有次病危入冥，向冥吏请教轮回之事。鬼吏道："有轮回，有不轮回"；轮回有三途，不轮回亦有三途，并一一做了解说，大体上均和修行、果报有关。纪昀说，他这位表哥本来不信轮回，自从冥中归来，每举此事告人，谓："据其所言，乃凿然成理。"（《阅》5:14）纪昀在这里运用的仍是客

134

观性逻辑（死后的命运乃是生前行为的结果），和情境主义逻辑不同，但思路和要解决的问题都有相通的地方。他对这个答案也非常满意，因为它不光疏通了轮回问题的内在尴尬，也给出了清晰的准则，使读者可以理解和把握决定轮回与否的特定情形。

实际上，最使纪昀感到困扰的，就是灵异现象出现的特定条件。在《笔记》中，他反复追问的一个问题是：为什么是这里／这时／这个人？这从前边所引他对梦的研究中就可以看到。在另一个故事里，李又聃告诉他，雍正末年直隶东光县曾出现凶煞，每于夜间向人家屋檐下抛掷鹅鸭，被抛掷的家庭即有死丧。由于纪昀的岳家即在其中，他早已熟知此事，故听后信之不疑，但还是提出了成串疑惑："自古及今，遭丧者恒河沙数，何以独示兆于是夜？是夜之中，何以独示兆于数家？其示兆皆掷以鹅鸭，又义何所取？"（《阅》8:13）他认为，这些特殊现象是无法用普遍原理解答的。北京虎坊桥西有一井，"子、午二时汲则甘，余时则否"。有人说，这是因为"阴起午中，阳生子半"，与地气相应造成的。纪昀反问道："元气氤氲，充满天地，何他井不与地气应，此井独应乎？"（《阅》7:5）

但既然是探究原理，不免就要将其放入一个普遍性架构中，纪昀也无法避免。纪家所在的村庄，原系宋代一县城故址，传说于拂晓时分，可在远方看到城郭影像，"楼堞宛然，类乎蜃气"。纪昀试图借助传统魂魄理论，采用类推方式来理解其缘由："凡有形者，必有精气。土之厚处，即地之精气所聚处，如人之有魂魄也。"此城规模巨大，年代久远，"如人之取多用宏，其魂魄独强矣。故其形虽化，而精气之盘结者，非一日之所蓄，即非一日所能散。偶然现象，仍作城形，正如人死鬼存，鬼仍作人形耳"。可是，"偶然现象"四字，终不能使其满足，他最终还是忍不住问出："然古城郭不尽现形，现形者又不常见，其故何欤？"对此，他仍是采用类比来解决："人之死也或有鬼，或无鬼。鬼之存也，或见或不见，亦如是而已矣。"（《阅》6:29）然而说了等于没说，不过使问题更加突出而已。

要为灵异事件寻找最具个性的因由，引导着纪昀的思路不得不走向灵异本身。他的表舅安五占说，康熙年间，有一群盗墓贼准备盗掘河间献王（刘德，前171—前130）墓，"探以长锥，有白气随锥射出，声若雷霆"。有人说，这是因为河间献王之墓已经封闭两千余年，"地气久郁，故遇隙涌出，非有神灵"。纪昀却大不以为然："穿古冢者多矣，何他处地气不久郁而涌乎？"此必"有鬼神呵护"（《阅》9:66）。在另一个故事中，一个乡村恶少夏夜扮鬼，闯入别人家中，奸污妇人，正准备跳墙离去，却看到墙外站有一鬼，惊叫一声，仆倒在地。邻里听闻怪叫，出来检视，发现这个"鬼"其实只是土地祠中一具土偶。众人都称赞这是土地公显灵。有个少年道，这是自己抱来，原想吓唬一个早起挑粪的朋友的，不料被这个"伪鬼"误以为"真鬼"，和土地爷有何干系？一个老人说："某甲日日担粪，尔何他日不戏之，而此日戏之也？戏之术亦多矣，尔何忽抱此土偶？土偶何地不可置，尔何独置此家墙外也？此其间神实凭之，尔自不知耳。"（《阅》11:4）

这两个例子都让我们想到埃文思-普里查德（E. E. Evans-Pritchard，1902—1973）笔下阿赞德人（Azande）的思维："无论是和阿赞德人谈论巫术，还是观察他们对不幸的反应，我们均很容易地发现他们并不是只用神秘原因去解释现象的存在及其作用。他们用巫术所解释的是一连串因果关系中的某种特定情形。"比如，他们很清楚，白蚁蛀蚀了粮仓支柱，会使粮仓倒塌；假如刚好有人坐在其下乘凉，就很容易被砸伤。不过他们关心的是："为什么在粮仓坍塌的这个特定时刻，是这些人正坐在那里？"白蚁蛀蚀支柱和天气炎热，当然都是缘由，但"为什么这两件事情精确地在同一时刻和同一地点发生？"那就是巫术之力了："如果没有巫术的作用，当人们坐在粮仓下面的时候，粮仓不会倒塌在他们身上，或者粮仓倒塌了，却无人在下面乘凉。"（E. E. 埃文思-普里查德，2006：86—89）不难发现，无论是纪昀提出的问题还是解决的思路，都与之不谋而合，只不过在阿赞德人的巫术所在之处，在纪昀那里居住的是神怪和果报。

此中关键是认为一切都有其必然的理由，而拒绝诉诸偶然性的影响。①由此出发，纪昀又发展出另一套主张。一位典当衣物以葬母的孝子无意中帮人找到一件珍宝，所得报酬与其典当的钱数恰好相合。有人认为这只是个"偶然"的巧合。纪昀却认为，此事和二十四孝中的王祥（约184—268）卧冰、孟宗（218—271）哭竹一样，都是孝心感动天地的结果。他强调："幽明之感应，恒以一事示其机耳，汝乌乎知之？"（《阅》11:54）实际上，这话多次出现在纪昀对不同事件的评论中，几乎成为他解释幽冥的核心："天地鬼神，恒于一事偶露其巧，使人知警"；"司命者每因一人一事，偶示端倪，彰人道之教"（《阅》2:6、9:5）。需要注意的是，这里的两个"偶"字，只是言其少见；纪昀所批驳的"偶然"，则是对鬼神和果报原则的抛弃。二者并不矛盾。

此说似是纪昀的独家发明。不过，与其说它是一条解释原则，还不如说是一种规避的手段。因此就连纪昀本人，也难以将之贯彻到底。《笔记》中有一条说："里人阎勋，疑其妻与表弟通，遂携铳击杀其表弟。复归而杀妻，割刃于胸，格

---

① 缺乏巧合、偶然或意外的概念，是巫术思维的一个显著特征[沃尔夫冈·贝林格（Wolfgang Behringer），2018: 27—28]。

格然如中铁石，迄不能伤。或曰：'是鬼神愍其枉死，阴相之也。'然枉死者多，鬼神何不尽阴相欤？当由别有善行，故默邀护佑耳。"徐时栋评道："记有一条言，鬼神每以一事偶露其机。此忽忘之，何耶？"（《阅》7:8）其实，"鬼神偶于一事露端倪"，看来滴水不漏，却还是不能回答为什么是"这件事"而不是"那件事"，读者和作者都忍不住要去追究其特殊而具体的原因（在理论上，这个说法可以适用书中所有的事件，故其解释力度反而有限）。同样是诉诸鬼神的干预，这两个主张的逻辑实际不无矛盾，但仍可并存于纪昀的观念里。

从这些例子不难看到，纪昀等人面对这类问题，怎样在事与理的夹缝间摸索，以寻绎真相：他们先在某些方向做出试探性的推论，又用已知的信息及自己掌握的常识，与推理结果相比对；有时候不能解释，便又向另一方向走上几步，再做计较。若是发现陷入两难，就只有暂时搁置起来。他们之所以这样做，就是希望达到逻辑和事实的同一，既不为"事"牺牲"理"，也不为"理"而牺牲"事"。尽管鬼神信仰并不全然依赖于逻辑的融贯性来保障（Bradley R. Hertel，1980：171—183），但这些思辨性的推敲也无疑强化了纪昀等人的逻辑敏感性：对于故事中的自相矛盾之处，他们会使用多种手段加以弥缝，连情节中最细微的部分也不放过；尽管他们偶尔也不免自立自破，自相冲突，但这显然不足以否定他们那有意识的努力。

这种思考也强化了纪昀易位而思的想象力。听人讲了一桩狐女与人生子，被逐出家门的事，他不由设想：被此狐女"抱去之儿"以后会怎样？是像人一般"庐居火食，混迹间阎"，还是"妖所生者仍为妖"，像其母亲一样"幻化通灵，潜踪墟墓？""或虽为妖，而犹承父姓，长育子孙，在非妖非人之介欤？虽为人，而犹依母党，往来窟穴，在亦人亦妖之间欤？"（《阅》9:32）体贴至微，心细如尘。纪昀的父亲在这方面亦不遑多让。他曾跟纪昀讨论：狐狸具有幻化的能力，使"人视之如真，但不知狐自视如何？"更"不知此狐所幻化，彼狐视之更当如何？"（《阅》5:41）尽管都是非非之想，但思路缜密，无可置疑。

另一个值得关注的现象是，在幽冥知识的探讨中，道德因素是一个避不开的参照系，正是它奠立了整个宇宙的合理秩序。时人观念中并不存在今人理解的"纯知识"，任何知识实践都是社会整体信念和架构的一部分，依赖于认知和德行的共同作用。[1]清儒当然也意识到，知识与道德还是有区别的（部

---

[1] 一位为救婆母而死的孝妇托梦给邻人，称自己已受封为神灵，请其婆母不要难过。有人说这是邻居为了纾解老人的悲恸编造出来的善意谎言，否则孝妇何不亲自"示梦于其姑？"纪昀完全没有理会这个论据（这在他那里是不常有的），而是断然指出："忠孝节义，殁必为神。天道昭昭，历有证验，此事可以信其有。即曰一人造言，众人附和，'天视自我民视，天听自我民听'，人心以为神，天亦必以为神矣。何必又疑其妄焉？"（《阅》5:19）最后几句表明，对纪昀来说，宇宙的道德属性本身就决定了实在世界的面貌。

分地体现于他们对"道问学"与"尊德性"的区分中），但二者绝不能如今人所理解的那样，可以割作两截。必须指出，这与单从功能主义着想采取的神道设教立场不同。至少对纪昀来说，不是为了达到教化的目的而编造寓言，把自己都不信的东西用来说服别人；相反，在他那里，宇宙作为一个有秩序的体系，是早已确立的知识，也是探索世界的起点（和终点），可是他不会为了这个目标，就放弃心智的探索。

　　因此，他还是在书中留下了大量谜团。比如对僵尸为旱的质疑：世人多言旱魃皆僵尸，大旱之时，掘出僵尸而焚，"亦往往致雨"。然而，"雨为天地之欣合，一僵尸之气焰，竟能弥塞乾坤，使隔绝不通乎？雨亦有龙所作者，一僵尸之伎俩，竟能驱逐神物，使畏避不前乎？"（《阅》7:4）又如对鬼的幻化能力的思索：鬼是"人之余气"，最多不过灵如人耳。但"人不能化无为有，化小为大，化丑为妍"，鬼却似乎颇具幻化本事，"岂一为鬼而即能欤？抑有教之者欤？"（《阅》15:30）都是其百思不得其解，而老实留下的疑惑。在这里，我们又一次看到了阙疑的精神："知之为知之，不知为不知，是知也。"

第四章　知识即力量

　　如同前述毗骞国王的故事中表明的（参看第三章），命数之无可逃脱，是明清社会最为流行的信仰之一。人的死期未至，即使"恶鬼相怨"，也只能搬演幻术，戏弄一番（《子》1《张士贵》）；火神主动搭救一个溺水之人，其实只是因为此人命当死于自己手中（《子》3《火焚人不当水死》）；阴间的祖宗明知活着的家人即将遭遇灭顶之灾，也只能徒呼奈何（《子》4《徐氏疫亡》）。不但凡人、常鬼如此，就连玉皇大帝也得承认："气运各有兴衰，朕亦不能做主。"（《续》5《麒麟喊冤》）纪昀晚年回忆自己当初为人题诗，曾有"何当快饮黄羊血，一上天山雪打围"之句，不料"是年八月"，就被谪戍新疆，令他感慨："事皆前定，岂不信然？"（《阅》1:35）

不过，这套命定论还同时受到另一思想的牵引。从佛教因果论发展出来的一种通俗看法认为，人的命运既是确定的，又是不定的：作为前言往行的结果，它当然已经无可挽回；但一个人的未来仍掌握在自己手中，通过严格的道德和宗教实践，命运的走向仍可变更。这种积善以造命的主题，支撑了明清时期整个劝善运动，也是其时各种宗教宣扬的重点。用乾嘉时期净土宗大师彻悟（1741—1810）的话说，这叫作："心能造业，心能转业。业由心造，业随心转。"业报成于既往，"皆有一定"；然而境界又唯心所现，"皆无一定"。一个人若肯发心，精进不已，"则心能转业"；自暴自弃，则"心"为"业"缚（**彻悟，时间不详：19**）。晚清时候，道教仙人吕洞宾降乩广东西樵山云泉仙馆，也勉励徒众，要"藉人工以补造化"（**西樵云泉仙馆，2015：108**）。

这个论点和儒家积极进取的思想倾向是一致的。章学诚（1738—1801）云："天定胜人，人定亦能胜天。"（**章学诚，2005：311**）[1]纪昀说，圣人虽不能抵挡"天数"，却可用"人事"做弥补："先事而绸缪，后事而补救，虽不能消弭，亦必有所挽回。"（《阅》15:46）他所谓"人事"，不

---

① 需要指出的是，这是成句，前人已多有言者，并非章氏本人的发明。

只限于道德，也包括了今天所谓"知识"。[①]为此，他豪迈地宣布："天限之以运数，人胜之以学识。"（纪昀，2010：318）颇有"制天命而用之"（《荀子·天论》）的意味。不过，基本上，他的看法还是像大多数中国人一样，徘徊在命定论和人力论之间。事实上，缜密的思维使他意识到，其时最流行的两套处理命运的技术是相互矛盾的：按照算命师（子平家）的说法，"命有定"；根据风水师（堪舆家）的逻辑，"命可移"。他为此特意请教了一位精通数术的学生兼同事杨馥（1744—1828）。杨回答道："能得吉地，即是命；误葬凶地，亦是命。其理一也。"纪昀许之为通达之辞（《阅》8:56）。

其实，杨馥并没有将这两方面调和起来，他根本是站在了命定论一边。按照他的看法，堪舆术最终仍受制于命数安排——然则命说到底还是不可移者。可是，即使是算命师，也不能只是给出一个"事实"了事。一个人求神问卜，通常是因为遇到灾祸和难以权衡的选择，需要决疑解惑。因此，在实际生活中，子平家也要多少为雇主提供一点免灾解难的建议。人

---

① 薛凤指出，大多数中国人认为"睿智具有道德属性"，可是也有一些人意识到，"道德"和"知识"可以是"两个完全不相干的问题"（薛凤，2015：133）。她举的例子是宋应星（1587—？）。虽然很多人不像宋一样，把这两个范畴分得很清楚，也还是多少意识到二者的差异。

不光认识世界，也要把握世界，而且往往正是为了把握世界而去认识世界，"改命"就是把握世界的一种方式；制伏越出幽明边界、侵入人世的鬼魅，就更是丝毫疏忽不得。①

本章的主题是，人们如何运用幽冥知识和技术手段去降服鬼怪，以维持一个"正常的"世界秩序。具体论述涉及两个层面：第一，透过清人志怪，我们可以看到，幽冥知识和技术处于何种地位，在生活中扮演了什么角色；第二，这些作品又为时人提供了什么样的知识资源，乃至塑造了人们对于灵异事件的反应方式。

一

我们已经看到，在事涉幽冥的不少问题（可疑或可信、有理或无理）上，时人的认知都倾向于模棱两可，有时也试图折中，总之少不了弹性和张力。这同样适于描述中国人对灵异知识的定位。在志怪传统中，知识似乎同时具有两个相反的面

---

① 在很多人类学家看来，"中国宗教不是一套信仰体系，而是一系列具有目的性的活动（即最广义的仪式），采取这些行动可以改变世界，也可以改变个体在该世界中的处境"[**万志英**（Richard von Glahn），2018：11—12]。因为强调仪式的重要性而轻视信仰的意义，当然是有问题的。事实上，虽然并不是任何一种行动背后都有信仰的支撑，有时也可能只是"试试"而已，但将二者完全剥离开来，势必剥夺文化固有的弹性。不过，"改变世界"的动机的确在"中国宗教"中具有举足轻重的地位。

相：作为"天机"，它需要被小心翼翼地隐藏起来；但另一方面，它又不得不时常被人揭开，露出真容。①

先看《笔记》里的一个故事。纪昀的侄孙有位远亲，生了七个女儿，都已出嫁。其中一个女婿梦到自己和其他六位女婿，被一根红绳子串在一起，以为不祥之兆。刚好遇到岳父去世，七婿都前去吊唁。此人因心存此梦，"不敢与六人同眠食。偶或相聚，亦稍坐即避出"。六人觉得很是诧异，不断追问是何原因。但等他说出真相后，大家都不相信，以为这不过是个托词，他其实另有芥蒂。某夜，众人置酒相邀，令人偷偷把门从外面锁上，以防他溜走。不料，是夜灵棚突然失火，七人同时烧死。"乃悟此人无是梦则不避六人，不避六人则主人不键户，不键户则七人未必尽焚。神特以一梦诱之，使无一得脱也。"（《阅》16:18）

希望避开厄运，反而更精准地落入其圈套，是纪昀颇为喜好的话题。京西四牌楼一个卖卜算卦的人，每天都要出摊。有日忽然动念，自卜一卦，却发现自己将于一日后横死。他反复思量，自揣绝无可能，然而"爻象甚明"，又不容不信，"乃于是日键户不出，观何由横死"，不料突发地震，被倒塌的房

---

① 仅仅从知识两面性的角度看，这个观念可以和西方"自然"观念相比较：是否要摘下"伊西斯（自然女神）的面纱"，贯穿了整个西方历史［皮埃尔·阿多（Pierre Hadot），2015］。

屋压死了。纪昀说：若非他自卜一卦，这天一定像往常一样在大街上摆摊，即使地震，也不会被压死。"先知"本是命数的揭露者，却成了命数的先行军（《阅》12:57）。这方面，精怪也不比凡人精明多少。纪昀一个姑姑家门外有株大树，风水师认为其于主家不利，建议伐去。家人正在犹豫，忽梦一老人道：多年邻居，何忍戕害？醒后遂悟此老人即是树精，"不速伐，且为妖矣"。此树若不出面劝说，其实未必就死。纪昀由此想到："天下有先期防祸，弥缝周章，反以触发祸机者"，亦"往往如是"（《阅》13:20）。貌似睿智的预知，其实只是命运启动的一道关卡，揭示了人在本质上的无知。无怪徐时栋读到另一个因算命引发的悲剧，会感叹道："甚矣，算命之无益也。"（《阅》20:16）

这些例子中的"先知"，其实是"不知"。但即使是"真知"，在有些情况下亦会招来横祸。苏松道台韩青岩夜见客星飞入南斗，想到占验书上说："见此灾者，一月之内当暴毙。"不得已，乃施法将此灾祸移于身边一人。袁枚听后道："公言占验之术固神矣，然如我辈，全不知天文，往往夜坐见飞星来往甚多。倘有入南斗者，竟不知厌胜法，为之奈何？"韩云："君辈不知天文者，虽见飞星入南斗，亦无害。"袁枚叹曰："然则公又何苦知天文，多此一事，而自祸祸人哉？"（《子》13《飞星入南斗》）宋清远曾遇到一个精通奇门遁甲之术的异士，对宋言：此术"他人得之恐召祸"，清远为人"端谨"，自己愿倾囊相授。然而宋却不愿学，使其颇为惆怅："愿学者不可传，可传者不愿学，此术其终绝矣。"（《阅》8:42）。为何"他人得之"就会召祸？此人并未明说，一个可能是，心术不正者滥用方术，为非作歹，必遭天罚；也有一个可能是，轻浮之人，好像是《聊斋志异》里跑到崂山学仙术的王生，刚刚学会一个简单的穿墙之法，就忍不住在人前炫技，也会导致法术失效（张友鹤，2013:38—41）。

还有一个例子也值得留意。赵衣吉言其同学程嘉荫自幼"有巧思"，曾从一个道士处得到一部《奇器录》，据之制作一头木牛，"与俗传武侯木牛式及壬遁诸书、西洋木牛法皆异"；又造有寄话筒，百日之内可留声不散。"惜早夭。父母以其用心过甚呕血死，故其所得诸书悉焚去，勿留以祸弟也。"（《续》5《程嘉荫》）程的父母之所谓"祸"，就指他因用功过度而夭折。不过，焚书之举也提示出，在他们心中，这些书籍具有令人无法抗拒的魔力，嘉荫就死在这种魔力上。[①]在这种情形下，知识导致人的夭折；反过来，无知亦使人长寿。阮葵生说，一位活到一百零四岁的老人，向人介绍养

---

① 在中国的传统观念中，机械是具有道德含义的。《庄子·天地》篇说"有机械者必有机事，有机事者必有机心"，是人们耳熟能详的话。这种态度对于机器的发展多少有所抑制。

生秘诀，除了"不娶，不怒，不多饮酒"之外，还有一条"不识数目"（阮葵生，2014：355）。而且并不是只有大字不识的普通百姓才这样想，方苞一位朋友就曾明确表示：对书本，"浮慕"一下即可；若真心喜好，"不祥孰甚焉？"（方苞，2009：809）

在很多鬼怪故事中，无知也是保证灵异实现的前提。明末南阳府有位府尹死于署中，但并不自知，每日早晨仍"乌纱束带，上堂南向坐。有吏役叩头，犹能颔之，作受拜状。日光大明，始不复见"。直到雍正年间，有位新任府尹，为了使其直面事实，趁天未明就穿好官服，坐在堂上。不久，"乌纱者远远来，见堂上已有人占坐，不觉趑趄不前，长吁一声而散，自此怪绝"（《子》11《官癖》）。其人魂魄之所以不散，全仗其对自己的死亡一无所知；一旦揭晓真相，支撑他的力量也就立刻消解。

死者如此，生者亦然。一个托生人间的仙女，为寻找前世姓尤的情郎，十五岁犹不能言，"每闻人议婚，必书'待尤郎'三字"。后来终于如愿以偿，"合卺之夕，女仰天一笑，即便能言，然从此绝不记前生原委，如寻常夫妇"（《子》10《紫姑神》）。同样的情形也发生在一位狐女和一个书生之间（《子》13《张光熊》）。纪昀的同学兼姻亲、直隶总督袁守侗（1723—1783）则是另一情况：直到三四岁时，他还能清楚地记得自己的前生之事；五六岁之后，记忆就逐渐模糊。纪昀根据道家理论来理解这一现象，认为这是"嗜欲日增，则神明日减"的表现（《阅》14:10）。在这几个例子中，真正的"神明"都和世俗意义上的知识不能相容。龙虎山张天师的通幽之术，可派生魂往赴冥府，"召鬼问话，鬼如何语即借其人口传之，其人不自知也"。重点在于，这个受派之人，一定要"愚笨"者方可（《续》7《通幽法》）。道理不无相通。

　　无知和灵异之间的呼应，世俗知识和"神明"之间的对立，都和中国幽冥文化中的"天机"概念有关。宇宙的运作，除了人人遵从因而也人人知晓的"天理"之外，还有一部分不能为常人所知者，即是"天机"。它代表了上天的意旨和秘密，只有少数人才能知晓。一旦他们不守规矩，对外泄露，便会遭受天谴。顾德懋临终时就号称，自己因"多泄阴事"，被贬作土地公（《阅》17:3）。这不只是针对人的，对于神灵亦同样适用。一个土地就因口风不紧，向生前好友泄露了天意，而遭到雷击（《子》13《雷击土地》）。故凡掌握幽冥信息之人，大都异常谨慎。某人精擅数术，却从不肯为人占卜，理由就是："多泄未来，神所恶也。"（《阅》12:53）一位杭州的乩仙也明言，自己只答小事，"大事不必问我，虽知亦不敢告"。所谓小事，即是晴雨、疟痢等，"问之必书日期，开药方，皆验"，问及"其他休咎，则笔卧不动"（《子》15

《鹤静先生》）。袁枚为此表示："术数之学"乃"造物所忌"，故"在可知不可知之间"（袁枚，1997：486）。事实上，让纪昀感到不解的鬼神托梦示人而大造谜语的奇特现象（参看第三章），就可以从这个角度获得解释。[①]

但这绝不能理解为，天机只是一套死板的方案，一经制定，就无法更改。它要灵活得多。明末清初文士王望如曾从一个道人处得到一卷书，"末藏数叶，如谣如谶，了不复明其所云"。过了几年再看，才发现与自己的遭遇历历扣合，丝毫不爽。然而"再以所言逆揣后事，则终不可得，其了不复知所云，犹之昔也"。周亮工（1612—1672）在一篇长文中讨论到此事。他首先据此肯定有预言术的存在，但又对其价值提出了质疑：纵使预测全部应验，"其所券为亨吉者，果能安坐不谋自至乎？抑将待人为以赴之乎？甚者知有利而故趋之，知有害而急避之。夫避之得免，则其术不验；避之不免，则其术虽验，

---

① 明人凌濛初（1580—1644）所著《拍案惊奇》卷十九的故事女主角谢小娥父、夫被群盗所杀，二人分别托梦，以谜语方式告诉她杀人者的名姓。小娥心知"此是亡灵未泯，故来显应"，却也疑惑他们"如何不竟把真姓名说了，却用此谜语？"旋又自解道："想是冥冥之中，天机不可轻泄，所以如此。如今既有这十二字谜语，必有一个解说。虽然我自家不省得，天下岂少聪明的人？"是书初版于此话旁有眉批："亡灵多事，作此谜语。然非此无以见小娥智坚心。"则是自叙事学角度的理解（凌濛初，1990：326、339）。清人金埴（1663—1740）亦云："神言难测，往往于句义之外，或一二字若隐若现，以示其天机之灵妙焉！要须人诚，则神弗爽耳。"（金埴，2008：163）

151

而又何赖于预知之也？"在周氏看来，只因王望如是个君子，"见利不趋，见害不避"，才能"言言如握券，无不合者"。相反，那些刻意地"趋利而避害"之人，往往身败名裂，"祸败随之"。因此，从根本上说，"道人之先事预定，盖非决之于数，实决之以理也"（周亮工，2014：342—344）。

　　周亮工从灵异出发，最终还是把主题锚定在天理上：一个人再精打细算，也无法侦测"天意"所在，反而常因过于精心算计而坠入命运陷阱，自取祸端。因此，除了依循"天理"直道而行之外，别无标尺可供我们制定决策。周安士也警告世人："彼锱铢必较者，一时自为得计，岂知冥冥之中，复有操大算盘者，起而尽削其禄乎？"（周梦颜，2015：75）这也是《子不语》和《笔记》中的常见主题：一位死后做了城隍的良吏，教训其子："做好人，行好事，自有好日"，何须"预问"前程（《子》15《唐配沧》）；献县有一个善于"巧取人财"的胥吏，"每有所积"，必为冥府造"一意外事耗去"（《阅》1:18）；纪家一个奴仆，为人"最有心计，平生无一事失便宜"，晚年忽得奇疾，辗转病榻数年而终，被认为是算计之报（《阅》9:37）。纪昀认为，一个人"世故太深，自谋太巧"，往往"并其不必避者而亦避，遂其必当为者而亦不为"，最终必定弄巧成拙，酿成奇祸（《阅》13:13）。在这些故事中，人的知识与天的知识（"神明"）之间的落差，再一次为命数的运作提供了驱力。

但是，如果天机完全将自己遮蔽起来，世人也就无法获得任何正确的道德意识和行动指南，天理便不可能被圆满落实。因此，它至少需要被部分地向人揭晓。纪昀反复强调的天地"偶以一事示其机"（参看第三章），也就落在这个意义上：少数几次破例是必须的，因为只有这样才能更好地展示天的威力。被打破的规矩才是规矩。[①]

除了用作道德启示之外，知识更重要的意义体现为它的实际用途。一个人只有先掌握了正确的知识才能行动，这无论对个人还是对人世都是头等大事。《笔记》中说，崂山里有人坐于木石之间，身体已与之同色，"然呼吸不绝，目炯炯尚能视"。这是一个已炼成道胎而没有掌握元神出体之法的修行人，落得"不死不生"。纪昀颇不以为然：既然如此，"亦何贵于修道？反不如鬼之逍遥矣"。他强调，修仙一要"有仙骨"，二要"有仙缘"。有"仙骨"，是一个人成仙的前提；有"仙缘"，是要有人指授仙诀。"不得真传，而妄意冲举，因而致害者不一"，此人即是活生生的例证（《阅》13:4）。

[①] 除了道德启发的价值外，天机之所以为"天机"，正是因为它们需要被审慎地泄露和小心地保藏，甚至可以说，这根本就是其性质中不可分割的一体两面：没有任何泄露，保藏就是没有价值的。葛洪的《神仙传》就曾借仙人之口说，既不可"闭天道"，亦不可"泄天道"，这两种行为都是错误的，都要受到惩罚（康儒博，2019：92—130）。

不过，修仙者毕竟是少数，对大多数人来说，更具吸引力的是降伏鬼怪的知识。首先是要看破其真相。中国人通常认为，妖魔鬼怪都有幻化的本领。识破它们变幻出来的境界，就可以避免上当受骗；而要斩妖除魔，就更须辨别它的正身，包括名号、出身、来历等。

胡司德发现，中国人对于自然物种的了解，是以"名"为中心的："在学者和哲人看来，客观地分析动物似乎是次要的，命名立号、精通名号，才是古代中国动物观念的核心因素。"这个观念也适合于包括妖异在内的整个自然界。物种名号成为与它们打交道的核心知识，掌握了其名号，也就在思维上控制了它。因此，早在《管子》《淮南子》和马王堆医书等文献中，呼名驱邪、呼名治病，就已被广泛采纳（**胡司德**，2016：38）。江苏高邮邵家沟东汉末年墓葬中的辟邪护符，就警告乙巳日死者所遇名为"天光"之鬼："天帝神师已知汝名，疾去三千里。"（**江苏省文物管理委员会**，1960：20）更著名的是葛洪的《抱朴子内篇·登涉》篇，其中描述了好几种山精的样貌、行为，告诉读者，若在山中遇到它们，只需"以名呼之"，这些妖魅便"不敢为害"了（**葛洪**，2018：303）。这段话经人反复引用（如《子》9《木檻颈》），影响很大。

妖怪的出身，对他们来说也是核心机密。诗人赵执信（号秋谷，1662—1744）南游，借宿于人家后园，夜中忽闻窗外有人表达渴慕之情和请教切磋之意。赵问是谁。其人道："别馆幽深，重门夜闭，自断非人迹所到。先生神思夷旷，谅不恐怖，亦不必深求。"执信与之酬应数夕，"偶乘醉戏问曰：'听君议论，非神非仙，亦非鬼非狐，毋乃山中木客，解吟诗乎？'语讫寂然。"赵自窗隙窥望，只见"缺月微明，有影蓬蓬然，掠水亭檐角而去。园中老树参天，疑其木魅矣"（《阅》3:37）。很清楚：他猜对了。而被人窥破身份的妖魅，只能隐遁。

于人无害的树精，尚且如此害怕暴露身份，更何况害人的妖魔？难怪怪物一旦被人看见真实面目，就要连称天机泄露，逃之夭夭（《子》13《张光熊》、17《娄真人错捉妖》）。因此，鬼怪的出身与来历，是除妖者必备的知识。在《西游记》等神魔小说中，一个妖怪被识破来历，往往就是其走向灭亡的关键。一个即位不久的小天师，受人祈请，斩除鄱阳湖中一条兴风作浪的鱼精，预先就已了解到：此妖系一黑鱼，"据鄱阳湖五百年，神通甚大"，单凭自己一人法力，不足降伏它，必须寻到"有根气仙官"相助方可（《子》3《鄱阳湖黑鱼精》）。神灵破妖除怪，也是一样的。安徽桐城有位女子被妖怪缠身，其母托邻居老叟向其家奉祀的神灵求祈。神灵对老叟说："此怪未知何物，宽三日限，当为查办。"三日后，神果然来告："怪名囊囊，神通甚大。"乃亲自前往剪除，却原来是一条蓑衣虫。后来，有人果然从明人陈懋仁的《庶物异名

疏》中看到："蓑衣虫一名襄襄。"（《子》3《囊囊》）

在另一个故事中，一个知府死去多年的亡父突然回家，自称已经得道成仙，笑貌举止，俱无可疑。次年张天师路经此处，闻听此事，马上起疑："岂有仙人复久居城市，无一毫异人者乎？"断其为妖。与之相见，却谈吐无异。"天师曰：'此妖非我所知。'"乃向一位老法官请教。法官乘其不备，大喝一声，妖怪立刻僵立不动。法官拿出天蓬尺，从头量之，"量一尺则短一尺，量一寸则短一寸"，终于只"剩胫骨一条"。法官道，此系知府亡父之骨，"为狐钻穴，野狗衔出，受日月精华而成此妖，所以能言生前之事"（《续》4《亡父化妖》）。天师虽知其为妖，却不能确定其究为何物，也就无可奈何；法官虽亦不能辨别其身份，却能根据多年经验，以计破之，至其原形毕露，便立刻知晓了其成因。

人与幽冥世界打交道（包括沟通、控制和反制等）的另一种渠道是技术。① 《笔记》和《子不语》中记录了大量灵异技

---

① 让-皮埃尔·维尔南（Jean-Pierre Vernant）强调，古希腊的技术"不是也不可能是我们所理解的对科学的应用"，它"只是由惯例和实践技能构成的体系，其效率完全是自然性的，但它并不倾向于作批判性思考，也不倾向于革新创造"（让-皮埃尔·维尔南，2007：320、330）。这一套界定完全适于清代志怪中的灵异技术，它更侧重于实践，在有些情况下，甚至操作者本人对其原理也毫无知晓。不过，维尔南的主要意图在凸显古希腊人对技术认知的特殊性，以免我们用现代科学和技术的关系框架去思考问题，造成误解。在明白了这一点的前提下，把技术看作知识概念的一部分，仍是成立的。

术，比如观验于千里之外的风角术（《子》14《奇术》）、用于寻找失物的捕亡术（《续》4《李秀才捕亡术》）、替人决事的占乩法（《续》9《水乩》），乃至踏水之法（《续》5《作势渡水》）、役蛇之法（《续》10《拘蛇》）、黑豆击妖之法（《阅》12:24），以及前已谈到的搬运术等（《阅》1：24，《子》18《髑髅乞恩》），林林总总，用途不一。由于使用者功力的高低，这些技术的效果也各自不同。①此外，同一技术，还可能出现地方性或个体性的差异。比如徐时栋就注意到，纪昀所说的圆光术被用于预测未来，"而吾乡圆光术则现过去事，故窃盗之不明者往往使行此术"（《阅》9:61）。②

最重要、最受欢迎的当然还是降妖术。由于专业水平和危险系数都更高，承担这一任务的主要是专业性的道士、和尚、巫师等，而不像其他技术，业余爱好者也可一试。不同的专业技术人员，有时也有职业竞争，特别是在佛、道之间。李丰楙就注意到，在清代的江南地区，道士降妖捉怪的本领被认为不如和尚（李丰楙，2010：216—217）。然而，似乎不无矛盾的是，孔飞力（Philip Alden Kuhn，1933—2016）又发

---

① 比如姚元之对"青乌之术"即堪舆术的描述（姚元之，2014：106）。

② 袁枚也记录了一个善于圆光术的人，实际是驱役鬼物所致（《子》18《髑髅乞恩》），与纪昀、徐时栋所说又不同。

现，在18世纪的中国，人们通常主要把"妖术"的形象和道士联系在一起，至于和尚，则只是因为道德上的缺陷而遭人攻击（孔飞力，1999：154）。在《笔记》和《子不语》中，僧道竞争的主题并不突出，但道士作为方术主要承担者的形象确实异常鲜明。

还有一批人，虽然不是专业人员，却具有方士都不具备的降妖能力。浙江海昌有一人家，楼上忽被群狐占据。其家延请道士驱除，还未设坛，道士就被狐仙打出门外。接着请来一位法官，被整个扔了出去，"面破衣裂。法官大惭，曰：'此怪力量大，须请谢法官来方可。'"谢来，初试似颇有效，不料其术又被一白须老狐所破，只有败走，"而楼上欢呼之声彻墙外。自是作祟，无所不至"。有一晚大雪纷飞，十多名猎户前来借宿。听主家谈到此事，"各出鸟枪，装火药，向空点放，烟尘障天，竟夕震动"。其家正在担心狐狸以后会变本加厉地报复，却发现楼上"群毛委地，窗槅尽开"，狐精早已远遁矣（《子》4《猎户除狐》）。无独有偶，纪昀一个家仆夜遇树精作祟，正在危急关头，两个木工前来伐木，"树倏化旋风去"。纪昀将此二事联系起来，认为妖怪之所以害怕木匠和猎户，并非他们果真法力高强，而是因为"积威所劫"，被他们的"气焰"所震慑（《阅》5:49）。

因服务目标和权威来源不同，方术的使用也不可避免地

158

具有政治和道德属性，由此产生正法和妖法（或妖术）的区别。在明清时代，朝廷认可的正宗法术，主要由龙虎山天师府掌管。当然，如前所述，正规的法官、道士也有失手的时候，不过，身份正统性还是为他们提供了坚实保障。康熙年间有名的妖道朱尔玫与张天师斗法，"以所吃茶杯掷空中，若有人捧者"；张也抛出一杯，"则张杯停于空中，而朱杯落矣"。天师告诉人说："彼所倚者妖狐也，我所役者五雷正神也。正神腾空则妖狐逃矣。"（《续》6《朱尔玫》）民间传言，张天师以鬼神为厮役，曾有客人对司茶的雷神不敬，差点被雷神追击毙命。纪昀当然不相信这一套，但其视学福建时，"老仆魏成夜夜为祟扰，一夜乘醉怒叱曰：'吾主素与天师善，明日寄一札往，雷部立至矣。'应声而寂。然则狐鬼亦习闻是语也"（《阅》5:48）。威力可见一斑。

除了权力保障，技术人员的道德修养从更根本的层次上决定了法术的灵验度。一位擅长求雨的术士，每次都只索取一点饮食，从不肯接受财物，盖"一丝之受，法便不灵"也（《子》12《绳拉云》）。另一擅长驱鬼缚魅的道士，也严格遵守同样规则。可是其弟子却背地里向人索要钱财，与狐女厮混，以致触怒神灵，道士的法术也从此失效（《阅》16:16）。一个颇为辛辣的故事说的是，一群和尚受人之托，在一处闹鬼的宅子里做法事，却被二女鬼指出，他们都是饮酒食肉不守戒律的花和尚，即使诵经礼忏也没有什么效果，"烦师傅语主人，别延道德高者为之，则幸得超生矣"（《阅》21:8）。事实上，这些专业人士所做都被认为是泄露天机或驱役鬼神之事，必须要以道德的加持来作为交换。

相对于正法，二书中关于妖术的记载更多，大概都是一些妖道、妖僧，借助法术，骗人钱财，渔人女色，侵人风水，乃至夺人性命。基本上，他们也都会得到应有的报应（《子》1《李通判》、2《炼丹道士》《妖道乞鱼》、3《道士取葫芦》、6《徐先生》、8《张奇神》、10《张大帝》、14《鸠人取香火》，《续》3《王弼》、5《夺舍法》、10《铁牛法》《妖术二则》，《阅》15:49、16:46、18:2、22:15）。有几位妖道还曾混迹于达官贵人之中，甚至颇有名气，比如前边提到的朱尔玫，又如一位"善幻术"的吕道士，曾为田雯（号山薑，1635—1704）家座上客，其议论亦娓娓近理，却因以符咒摄取妇人魂魄，案发遁逃（《阅》1:31）。不仅僧道如此，工匠、艺人也一样充满危险：木匠被认为懂得魇魅之术（《续》7《勒勒》），能够取人魂魄（《续》8《鬼买行头》）；此外就是泥瓦匠。纪昀自称其伯祖以下三代，皆为泥工魔法所害（《阅》6:45）。他据此得出"小人不可与轻作缘，亦不可与轻作难"的教训（《阅》14:20）。

在某种意义上，技术的性质是模糊的。可以驱除妖怪的人，也被认为具有施行妖法的本事：正法和邪法遥遥相对，却又相去不远，甚至有些纠缠不清。①比如纪昀讲到搬运术，说术士可以"劾禁"鬼怪，就可以"役使"鬼怪，便提示出方术的两面性（参看第三章）。吕道士有位同门，是个僧人，做客于吏部尚书苏次公家，同样"善幻术，出奇不穷"。有位士人想借其法术，潜进女子闺阁，僧人正色告之："吕道士一念之差，已受雷诛，君更累我耶！"（《阅》1:38）这师出同门的一僧一道，法术相同，却正邪异趣，最能说明技术本身的中立性。纪昀对另一个故事的评论，表达得更明确："摄魂小术，本非正法，然法无邪正，惟人所用。"方士善用其术，"以驯天下之强梗"，正和"物各有所制，妖各有所畏"是同样道理（《阅》18:15）。

妖法故事在数量上远远大于正法故事，显示出时人心中对技术的担忧和疑虑，而这仍和"天机"概念有关。事实上，在传统中国，技术总带有几分神秘色彩。袁枚笔下的考据学家江永就被描述成一个跟程嘉荫一样的"奇器"制造者：其"家中耕田，悉用木牛；行城外，骑一木驴，不食不鸣，人以为

---

① 再一次，"技术"和巫术的含混不清亦非中国所独有，而几乎遍布于各种文化中［赫尔曼·鲍辛格（Hermann Bausinger），2014: 37-50］；同时，在欧洲、非洲、南美洲等地，反巫师者也常常被人怀疑为巫师（沃尔夫冈·贝林格，2018: 27、34、43等）。

妖"；此外，他也造了一个"寄话"器。江永还设计过一个装置："取猪尿泡置黄豆，以气吹满而缚其口，豆浮正中"，以此证实"地如鸡子"的说法。同时，他精通命理，曾预测自己的两个儿子当命丧洞庭，遂自投于水以替之，不料被人救出，只有哀叹命数难逃。不久，其二子凶耗果至。袁枚特别声明道："此其弟子戴震为余言。"[①]（《子》14《江秀才寄话》）纪昀对魔魅术的不解，也是从这方面着眼的："为是术者，不过瞽者、巫者与土木之工。"为何"天地鬼神之权"，任由这些普通人"播弄无忌"（《阅》4:36）？

同理，滥用方术，即使没有造成太大伤害，也被视为亵渎神明。纪昀有位伯祖偶尔得到一本驱役神鬼的符咒，学会之后"时时用为戏剧，以消遣岁月"，死后即遭阴谴（《阅》6:28）。杭州术士陈以逮善为讨亡术，"凡人死有未了之事者，其子孙欲问无由"，即请陈作法。其术须以六岁以上童子一人行之，届时会有当方土地，与童子生魂同往冥司寻人。某次陈正在一处作法，其处土地爷据传为萧何（约前257—前193）。"童子忽瞪目大呼曰：'我乃汉丞相萧何，汝以逮何等人，敢以邪术驱遣我为童子背包牵马？'"扬言要"诉之上

---

① 戴震为江永写的传记详细论述了江在天文学、音韵学等方面的成就（戴震，2006：178—182），完全看不到这套诡异之词。不过，从纪昀的记录来看，戴震显然也是喜欢讲这一类怪诞故事的。

帝，即加阴诛"。陈仍不改悔，终受诛斩（《续》4《讨亡术》）。可知方术使用不当，何其危险。

实际上，许多灵异技术的故事都在提醒读者：与自然作对没有好处。有个学习练气的人，法术将成之际，却受诸魔所困，幸亏被关帝救出，但还是免不了一番教训："作祟诸魔，诚属可恶；然汝不顺天地阴阳自生自灭之理，妄想矫揉造作，希图不死，是逆天而行，亦有不合。"（《子》12《挂周仓刀上》）泰兴一个会五雷法的书生，病笃之际，与冥差格斗终夜方死。对此，纪昀评价甚低："夫死生数也，数已尽矣，犹以小术与人争，何其不知命乎？"（《阅》13:39）在另一处，他再次警告人们，切记"恃术者终以术败"的道理（《阅》12:56）。此外，他也借一位道士之口强调，方术终是小道，不可迷信。遇到真正的大事，"一切术数，皆无所用"（《阅》9:56）。使用方术，也必须审时度势，即使技艺高超，欲以一人之力克胜群鬼，也还是不免失败（《阅》14:21）。显然，这些故事一方面在肯定，另一方面也在消解方术的价值。

在很多情况下，灵异技术都是秘传知识。湖广竹山的老祖邪教，专门窃取客商财物，每代"单传一人"，而此人必遭雷击。欲学其法者，"必先于老祖前发誓，情愿七世不得人身，方肯授法"（《续》4《学竹山老祖教头钻马桶》）。

这种技术多靠口诀符咒，配以特定仪式（《续》10《人化鼠行窃》），必须面对面地传授。[1]虽有像纪昀伯祖一样通过书本自学成才者，但危险系数很高。纪昀乡人中有一位白以忠，"偶买得役鬼符咒一册，冀借此演搬运法，或可谋生。乃依书置诸法物，月明之夜，作道士装，至墟墓间试之。据案对书诵咒，果闻四面啾啾声"。不料其书忽被一鬼抢去，"众鬼哗然并出，曰：'尔恃符咒拘遣我，今符咒已失，不畏尔矣。'聚而攒击"（《阅》6:51）。[2]此类书籍，皆被官府认定为"邪书"。纪昀曾负责销毁"妖书"，就曾在其中见到过一些符咒（《阅》17:42）。

《笔记》中有个故事讲到，有一种放生咒，念诵三遍，再好的枪法，打鸟也百击不中。"屡试之，无不验。然其词鄙俚，殆可笑噱（引者注：此处标点有所改动）。不识何以能禁制。又凡所闻禁制诸咒，其鄙俚大抵皆似此，而实皆有验，均不测其所以然也。"（《阅》12:29）这已经不是纪昀第一次注意到符咒的修辞特征了（参看第一章）。从社会史的角度

---

[1]　在西方中世纪，巫师常以集体行动的方式出现，被认为组成了"一个诡异而阴险的反面社会"（罗宾·布里吉斯，2005：2）。但在中国，灵异技术专家往往以个体方式行事，最多伴一两个辅助人员。一定程度上，这大概就和隐秘知识的"单传"方式有关，而更根本的原因，恐怕还是要到中西方文化对"组织"的不同看法中去寻找。

[2]　值得注意的是，这个故事与《后汉书·方术列传》讲到的费长房之事非常相似。

看，鄙俗的言辞是和下层社会连在一起的，再一次让我们想到，普通民众在幽冥之事上的权威性（参看第一章），同时也对应了灵异知识的边缘性。这种既灵验又鄙俗的暧昧色彩，仍是由灵异知识的性质决定的："泄露天机"，既神秘而有用，又危险而可鄙，因此必须被放在政治的、社会的、地理的和文化的边缘，可是又不能远离化外，遥不可及。

值得注意的是，不管是师徒之间面对面的口头授受，还是通过书本教学，方术的传授都有一个特点：只教技术，不及原理。因此，即便是专业技术人员，通常也都只是知其然不知其所以然，满足于技术的有效性，对其运作的原则却很少措意。比如我们已经看到的，张天师自己都不明白他为何能够"驱役鬼神"，只是"依法施行"而已（参看第三章）。有一次，天师遇到三位被妖邪凭魅的村妇，请求救治，然而他不知此系何怪，只是试探性地"为书一符，钤印其上"，令妇女的家人持至中邪的地点烧掉。天师不过是抱着试试的态度，虽然最后确实有效，但仍是不明所以（《阅》21:3）。①不过，并不是所有的专家都只知其一不知其二。顾德懋有次为常熟县令请去捉妖，为了确定妖怪身份，采用了试错法：先令"以鼓击之"，

---

① 在纪昀笔下，张天师在其专业方面的表现并不比一般人显得更加睿智。不过，他对此并无揶揄之意。相反，他正是从这样的品质中看出张的可靠（参看第三章）。

不料"怪愈甚";又"命以锣击之,怪遂退"。他就此断定:
"此阴兵象也。兵以鼓进,以金退。"县令遂"传合县击锣,
三日始安"(《续》8《全能退鬼》)。在这里,顾德懋显然
已经掌握了一些基本原理,才能够根据试验结果,做出正确的
推断。

灵异技术专家介入人们日常生活最多的是医疗活动。这
主要是因为,中邪和患病的表现有时非常相似,难以辨别。①
纪昀门人吴惠叔讲过一事:其乡有一大户,单传一子,得了重
病,延请名医叶天士(名桂,以字行,1666—1745)诊治。叶
说:"脉现鬼证,非药石所能疗也。"乃转请道士设坛。无
论此事是否属实,"鬼症"确实得到一些正规医学专家的认
可,而这自然也为灵异技术专家参与医疗活动提供了空间[白
馥兰,2017:195—196;李建民,2011:140—206;席文
(Nathan Sivin),2011:45—47;范家伟,2011:201—
243]。事实上,方士驱鬼和医生治病,在做法上不无相像:
医生当然具有权威,但其权威不是独断性的。他要上门出诊,
向病人及其周边的人询问情况;他关注的不光是身体的痛苦,
也有作为病因的感情因素;在治疗过程中,他也要与病人家属

---

① 有人曾对鬼祟致病说表示怀疑,一位女巫告诉他,不同原因导致
的疾病症状不同:"风寒暑暍之疾,其起也以渐而觉,其愈也以渐而灭;鬼病
则倏然而剧,倏然而止。以此为别,历历不失也。"(《阅》10:42)

"协商"（白馥兰，2017：189）。降妖同样是不同主体的对话过程：技术专家要和中邪者、他们的家属交流，甚至要和鬼怪协商；他关注的也不只是邪魔引发的痛苦，而要同时考虑情感乃至伦理的因素。[1]而这些都可以在前述故事的后续发展中看出：被请来的道士登坛作法，不久就拂衣而出，道："妖魅为厉，吾法能祛；至夙世冤愆，虽有解释之法，其肯否解释，仍在本人"，但若"伦纪所关，事干天律"，也无能为力。原来此大户独子之病，乃是其人鲸吞侄儿财产，被其死去的老父"诉于地府"所致，"吾虽有术，只能为人祛鬼，不能为子驱父也"（《阅》6:13）。

二

杨庆堃（1911—1999）曾说，在传统中国，多数人的宗教知识并不是通过阅读宗教经典，而是"通过聆听和阅读具有神话色彩的民间故事或文学作品而获得的"（杨庆堃，2007：258）。没错。不过通过听或读故事的方式掌握知识，既不限

---

　　① 韩瑞亚认为，在清代志怪中，"逻辑论证已经成为一种驱邪手段"（韩瑞亚，2019：93）。准确地说，这是一种道德性的逻辑论证，也就是"说理"。不过，这不等于它已经代替了纯粹的暴力手段，后者在降妖过程中仍是必不可少的。

于中国，也不限于宗教，而是传统社会一种普遍现象。被收录在《笔记》和《子不语》里的鬼怪故事，当然也不例外。本节要讨论，人们怎样把志怪当作教科书，从中获取包括灵异在内的各种知识。这其中既包括了有意识的习得因素，也包括了无意所受的影响——无论何种情形下，鬼神故事都会在其听者或读者身上，形塑出一种与之相应的心智习性。因此，它的作用力不仅施加于知识层面，也波及整个心灵。

需要说明的是，包括纪昀和袁枚在内的志怪作者，往往也是另一些志怪的读者，他们在写作中不断求助于既存文本，使得其作品成为怪异知识生产与再生产线上的一个链条。换言之，我们这里不仅要讨论《笔记》和《子不语》怎样塑造和影响其读者，也要看到这两本书本身就是一个更为悠久的传统的产物。

前边说过，对于幽冥事务，传统社会的人们多少都具备一点常识（参看第一章）。它们大都以口头文化的形式存在，传播方式受到人际交往渠道和地域范围的影响。这些知识为其信奉者提供了心智和行为指南，帮助他们理解和因应生活危机。韩森发现："神祇的信徒们总是根据前后矛盾而又令人困惑的梦境、自然事件和对卜筮的试释，对神的行为编造出言简意赅、头头是道的解释。没有指导他们的圣经。恰恰相反，他们对神祇的解释所依据的是一系列口传知识。"（韩森，

168

2016：44）钱大昕为一个读书人写的传记为此提供了一个例证：这位士人告诉妻子，梦到自己被冰雹击中。其妻道："闻姑言，梦雹者丧父母，非吉征也。"果然，还不到十天，他的寡母就patient病逝了（钱大昕，1989：724）。这位妻子依据的就是民间的"口传知识"。而直到20世纪中期，很多老人都还会向青少年传授一些防止诈尸的经验，以备他们守灵时救急之用（栾保群，2017B：290—292）。

韩瑞亚也在其著作中引用了乾隆时期王椷《秋灯丛话》中的一个故事：山东安丘一位书生纪云会家中为狐妖作祟所苦，趁大雷雨，向天哭诉。云中伸下一巨手，"往来摸索，攫取一瓶，作旋绕状，顷置院中"。纪云会乃"裂布封瓶口，置沸汤中煮之，唧唧有声，久乃寂然"，狐祟遂绝。在故事中，并没有人告诉纪云会对瓶子做什么，不过，"把狐狸装在瓶子里并且在开水里煮是常见的驱邪方法"，屡见于同时期不少志怪作品（韩瑞亚，2019：84、86）。纪氏对此常识显然心知肚明，故不用教导就知道接下来要怎么做。

这类广泛流传在民众中的口头知识在《笔记》和《子不语》中也有不少。不过，整体看来，纪昀、袁枚和其他志怪作者，都更倾向于将灵异知识放在书面文化氛围中理解。他们听到一个故事，往往倾向于将其同过往文献挂起钩来，从中寻找解码线索、推理依据。彼时的读书人主要生活在一个文本世界里，将一切耳闻的和目睹的经验，都看作书本的延伸。典籍深刻影响了他们看待物事的方式。当然，他们也像我们一样，喜欢探寻新鲜事；不过，若这些新物事可以在书本上找到来源，那就再好不过。①

《笔记》和《子不语》征引的文本范围非常广泛，其中大都是志怪或近似作品，如东汉杨孚的《异物志》、西晋张华（232—300）的《博物志》、东晋干宝（约283—351）的《搜神记》、南朝刘敬叔（？—约468）的《异苑》、唐人张读的《宣室志》、明人徐应秋（？—1621）的《玉芝堂谈荟》及董斯张（1587—1628）的《广博物志》等，以至《峋嵝神书》这样的民间法术汇编集；但也有一些并不以志怪为主要目的的著作，除了经史典籍外，也包括宋人陆佃（1042—1102）的小学著作《埤雅》，明人朱国祯（1558—1632）的笔记《涌幢小品》、王象晋（1561—1653）的植物学著作《群芳谱》、冯梦龙（1574—1646）的小说集《智囊》等。其中，宋代李昉（925—996）等编纂的小说总集《太平广记》，更被当作一

---

① 这种习惯当然和他们自己的身份有关，同时也和中国社会重文轻语的普遍倾向分不开。比如一份善书《劝世文》中就说："口教后生多不信，有书与他看假真。"（佚名：32）从这种面向大众的文件中，最可看出"人民"的态度（此书购于成都双流文星镇的一个地摊上，没有出版时间和地点，印行时间应在2010年前后，封面有"照古本抄印无误"字样。从用字和表达方式看来，作者似是广东人）。

个怪异知识的宝库。[①]如同万志英所注意到的，对于灵怪知识的记录本身就被认为具有"辟邪"的功效（**万志英，2018：87**）。

显然，两耳不闻窗外事，一心只读圣贤书，是无法掌握这类知识的。纪昀一位族叔曾在旋风中见一女子"张袖而行，迅如飞鸟，转瞬已在数里外"；又在大槐树下遇到一只蹦蹦跳跳的动物，"非犬非羊，毛作褐色，即之已隐"，不知何物。纪昀说，自己这位族叔平日专意经书，"不甚留心于子史"，其实，此二物古书中皆有记载：旋风女子就是唐代《博异传》（通名《博异记》）里的飞天夜叉，褐色野兽即《史记·秦本纪》和魏晋志怪《列异传》等书都提到过的树精（《**阅**》13:30）。袁枚也以博雅知名。有人在一匹死马的脑中发现一块骨头，向他询问是怎么回事，然而袁亦不识。后来还是他的一个门人在晋人王嘉（？—390）的《拾遗记》中找到了依据（**袁枚，2014：1419**）。

时人将这些文本当成教科书或辞书，用来查证灵异现象

---

① 纪昀强调，不同文本在权威性上存在差异："引据古义，宜征经典，其余杂说参酌而已，不能一一执为定论也。"他特别地批评洪范五行之说"多穿凿"，即使出自汉代经学大师伏胜（前260—前161）之口，亦不能执以为据（《**阅**》18:51）。不过，他自己使用的"杂说"，在数量上远超"经典"，比如，《笔记》中就有一条提示，在他的两位曾伯祖看来，东方朔（前154—前93）的《神异经》是比"委巷小说"《西游记》更可信赖的文献（《**阅**》21:14）。

的存在（《子》21《人畜改常》，《阅》19:20），检索鬼怪的名号、身份与来源（《子》3《囊囊》、16《仲能》、17《王清本》，《续》1《刑天国》），解说其怪诞行为的原理（《续》5《鬼气摄物》，《阅》9:62），学习应对的技术和办法（《子》13《僵尸贪财受累》、22《浮尼》，《续》5《骷髅三种》《驱疟鬼咒》）。这是一种非常普遍的阅读方式。比如，吴骞嘉庆四年二月十七日（1799年3月22日）日记里说：乡人马某正在院中避雨，"忽见一小儿，遍体皆绿色，雨中疾驰入内。正惊怪间，即闻霹雳声自内而作，震毁一墙及梁柱，皆焦烂"。吴引用北宋范致明《岳阳风土记》里的说法（"何仙姑谓雷神夫妇仅长三尺"），推测此"绿衣小儿当即雷神"（吴骞，2015：134）。就像薛凤说的，一本书中的信息好像一座桥上的部件，老桥拆掉了，可以用其部件搭建一座新桥；"如果将这些信息从原来的组件中剥离开，它们也可以被用于新的目的"（薛凤，2015：281）。

这些书籍可以为生活中遇到的事相提供解答线索，也可以传播实用技术。袁枚自称有次夜遇獭怪缠身，想起杭世骏曾以《秽迹金刚咒》伏怪，一试果然灵验。后来一个徐姓塾师也遇到同样的事，袁"劝之诵《秽迹咒》，又猝不能成诵。但偶忆《本草》有'熊食盐而死，獭饮酒而毙'之语"，令其试之，亦奏效。袁对自己的博学颇为得意："然则记览不嫌其杂，亦能救人。獭之饮酒，水居人宜知之；而熊之食盐，又山居人所不可不知也。"（《续》7《獭异》）纪昀则从杜甫（712—770）的诗句"山精白日藏"（语出《陪郑广文游何将军山林》）中，创造性地领悟出鬼魅的行动规律，驱赶了楼上的山魈（《阅》6:24）。

明清时期出版业飞速发展，使得知识传授不再局限于面对面的方式，读书人完全可以通过书本，从更大范围内获取自己所需要的信息（刘祥光，2014：149—190；包筠雅，2015：287—332）。比如，那位想借助异僧奇术偷偷潜入人家闺阁的士人，就是从《太平广记》中知道这一法术的，只是不知晓具体操作方法和步骤（《阅》1:38）。有一些法术，则可通过纸面学习。钱大昕就写过，一位地方官遇到旱灾，试图按照董仲舒（前179—前104）《春秋繁露》里记载的"祈雨法"求雨（钱大昕，1989：792）。

《子不语》和《笔记》出版后，也就自然而然地进入了灵异知识教科书的序列。它们的读者采用与袁、纪相同的阅读策略，从中汲取知识和技术。袁枚曾听人说，日本的《东医宝鉴》中有治狐术，试之颇验，遂记于《子不语》中（《子》20《东医宝鉴有法治狐》）。不久，这个消息就进入了吴骞的日记［乾隆五十五年三月初六日（1790年4月19日）］："《东医宝鉴》有治狐术，见《子不语》第十九卷。"（吴骞，2015：72）①此外，梁章钜《浪迹三谈》有一条《新齐谐摘录》，自称是给孙子讲故事用的，同时亦"可备不时之需"。其摘引内容主要有两类，一是可资考证者，另一类是法术。比如《黑膏畏盐》条下就说："按盐、米皆可驱邪，今人尚习其说。"（梁章钜，2015：501、502）可知所谓"不时之需"者，应该包括了降妖在内。

李庆辰的《醉茶志怪》则多引《笔记》，或以印证自己的经验（"梦中读他人之诗文"），或以解释他人的见闻（"纪文达公《槐西杂志》载红衣女飞空中者，乃飞天夜叉。郭所见者即是"），或用来检验报告人证言的可靠度（"军械所差官陈某目能视鬼，所言与纪文达公笔记略同"）。在有些情况下，他把纪昀所说的故事化入自己的记述，并不交代来源。比如有一条借助乩仙之口，大谈轮回与有鬼的矛盾、溺鬼和缢鬼寻求替身之缘由，实际就是由《笔记》中几条记录捏合而成（参看第三章）。但是这样一来，纪昀反复思量得出的猜测性结论，就成为乩仙用笃定的口吻传授的确凿知识，性质立变（李庆辰，1990：89—90、469、116—117）。

在阅读故事的过程中，一个读者的心智也在无意中受到塑造。美术史家柯拉瑞（Jonathan Crary）指出：一个观察者"是

---

① 按《东医宝鉴有法治狐》一条，今本在《子不语》第二十卷，与吴氏所言不同。

在整套预先设定的可能性当中观看，他是嵌合在成规与限制的系统之中的"（强纳森·柯拉瑞，2007：11）。同样，讲故事也得遵循一套特定"规则"，它们受到社会和文化中主流观念的制约，而不能随心所欲。这套规则往往在作者动笔之前，就已经为其预制了"恰当"的故事情节、意义内涵和修辞手法。通过这种手段，它们不断复制自身，也训练出合乎其要求的理想读者：这样的读者，只需扫上一眼，就能明白作者的话外之音；反之，作者也有责任提供读者所熟悉的符码，供其拆解。这就意味着，一个人在成为"合格"的作者之前，得先成为一个"合格"的读者。[①]在此意义上，正是作者和读者一起创造并维系（也可能改变）了一个社群的智识习俗。

这些规则或习俗首先体现为一套被人普遍接受的幽冥知识。福建莆田教谕林霈在旅途中偶尔下车，遇见一间破屋，外墙题有一诗，自署"罗洋山人"。林读后自语："诗小有致。罗洋是何地耶？"屋中有人答道："其语似是湖广人。"林进屋一看，只见"凝尘败叶"，并无人迹，"自知遇鬼，惕然登车。恒郁郁不适，不久竟卒"（《阅》1:27）。无故遇鬼，当然会把人吓一跳，可是这个鬼连脸都没露，何以竟使林郁郁

---

① 这当然不是说读者的心灵就是一张白纸，等着作者随意书写，更不是说讲故事的"规则"不会变化。事实上，读者、作者和"规则"一向处在互动中，此处只是强调了某些侧面而已。

而终？缺乏相应知识的读者当然不明就里，但明眼人明白，见鬼往往是一个人衰竭将死的先兆。纪昀在乌鲁木齐，一位同事到城外纳凉。"坐稍久，忽闻大声语曰：'君可归。吾将宴客。'"他狼狈奔回，对纪昀道："吾其将死乎？乃白昼见鬼。"（《阅》4:22）吴骞的同乡陈微贞死于背疽。吴说，陈刚发病时，曾梦宋人柳开（字仲涂，948—1001）来访。后读《柳开传》，知道柳正是"以疽发背而卒。心窃忧之，不数日，果殁"（吴骞，2015：52）。在这三例中，灵异知识都提供了一个不言自明的解释框架。掌握了这个框架，才能读懂这些故事。

一个熟读志怪的人，有大量现成情节横亘于心，一遇疑似现象，就能自动脑补没有看到的画面，仿佛如在目前。纪昀称其家后院假山上小楼有狐仙居之，已五十余年。然而，细看其描述可知，并没有人曾亲眼看到过狐仙的存在，只是时见窗户无风自启自闭，又曾于夜中听闻上有琴声棋声而已（《阅》3:6）。纪家人从未对这些现象做过调查，然而，在有关狐仙的传闻中，狐狸都比其他妖魅更接近人的性格和行为方式，更有文化和教养，并且常常聚族而居（《子》1《狐生员劝人修仙》、9《狐读时文》、18《狐丹》，《阅》5:20、6:39），阁楼和花园这些地方也是它们喜欢的居处（韩瑞亚，2019：89）。这些都足以使得纪家人凭一点雨丝云片，就能推想到整个飓风。

这同样也提升了他们对幽冥事件的心理适应力。前文曾引用及润础夜闻马语事，虽被徐时栋指责叙事不密（参看第二章），但纪昀是很相信的。他还特地交代，及氏一向"爱观杂书，先记宋人说部中有堰下牛语事"，故听到马棚传来人声，"知非鬼魅，屏息听之"（《阅》1:32）。另一个故事就有点可笑了：一个书生骑驴进京，途中假寐，忽闻驴子在说话，立刻想到刘义庆（403—444）《幽明录》中会说人语的长鸣鸡，心头大喜，要与此驴结为"忘形交"。不幸这头驴子软硬不吃，始终不应，书生暴怒，打断一条驴腿，还把它卖到屠宰市场，"徒步以归"（《阅》5:28）。这当然很可能是书生幻听，但若非他先已读过《幽明录》，也不会把恍惚中的听闻当作实事。上面这些例子表明，对笃信灵异者来说，幽冥知识乃是他们理解和回应异象的重要资源。

这也是他们往往能在现实生活中发现古书所言不差的原因。《笔记》和《子不语》常常使用的一种修辞格式是，先讲述某人的一段奇异经历，再加上一句评论：可知某书记载"不虚"（《续》6《鹏过》，《阅》6:43、9:20、16:11）；或者宣称自己曾经怀疑某说，直到亲历或听别人讲到某项经历，"方知"其事真有（《子》5《奉行初次盘古成案》、17《随园琐记》、21《冯侍御身轻》，《续》3《地仙遭

177

劫》、5《外国》，《阅》8:52、19:2、21:7）。这当然可以看作他们是在用实际经验来检验前人的记录，[①]不过，在多数情形下，他们的检验都倾向于肯定典籍记录的正确性。这不能不令人怀疑，他们不是用实践去审查书本，而是恰好相反，他们是以书本为参照系，来理解现实生活（尽管这肯定只是他们在下意识中的举动）。易言之，书本知识仿佛一个滤镜，只有那些被前人描述、界定和解释过的东西才能被发现，那些未曾被恰当描写和定名的东西则被视而不见。这就是托马斯·库恩所说的："一个人所看到的不仅依赖于他在看什么，而且也依赖于他以前视觉—概念的经验所教给他去看的东西。"（托马斯·库恩，2018：95）

读者在阅读中不自觉形成的认知倾向，会自动延伸至日常生活中。乾隆戊午年（1798），献县重修城墙，有人从城头拆下破砖扔到城下，有人在城下装筐运走。午饭时，役夫辛五对人说，自己运砖时，"忽闻耳畔大声，曰：'杀人偿命，欠债还钱，汝知之乎？'回顾无所睹，殊可怪也"。饭后继续工作，突有一砖击中辛五，致其脑裂而亡。众人"惊呼扰攘"，竟不知是谁所为，"官司莫能诘，仅断令役夫之长出钱十千，棺敛而已"。纪昀道："乃知辛五夙生负击者命，役夫长夙生

---

① 事实上，他们也的确通过少数例子发现，书上所记乃是"小说附会之词"（《阅》11:73）。

负辛五钱。因果牵缠，终相填补。微鬼神先告，几何不以为偶然耶！"（《阅》9:3）"乃知"二字下得甚是笃定，其实不过是一个猜测而已（顺便一提，"乃知"二字在纪、袁书中都不少见，用法也如出一辙，体现出相同的思维方式）。

有两个科场事件也都和冤报主题有关：一个是，乾隆丙午年（1786）湖南乡试，贡院闹鬼，怪异非常。之后，主考官复审试卷，黜落七人。"后竟无他异"。袁枚道："岂因此七人不当中，而致怪异如此欤？"（《续》9《湖南贡院鬼》）另一个是纪昀主持山西乡试时遇到的：时有两份已经取中的考卷，一份被误收于衣箱，遍寻不见；另一份于"填草榜时，阴风灭烛者三四，易他卷乃已"。时人"颇疑二生有阴遣"。不过次科二人皆中，"乃知科名有命，先一年亦不可得"（《阅》2:31）。科场报应观念，自宋代出现，到明清已是家喻户晓。考官在这两个事件中的表现说明，它已成为时人对待科场异象的标准思路。其中纪昀的记录颇堪玩味：他初时也按惯常思路，从冥报角度理解问题，后来发现情形不合，调整思路，但并未因此否定冤报之说，而是转向命数观念，让人看出思维的惯性。

如同不少例证提示的，灵异知识不但深刻影响了18世纪大多数中国人的认知，也塑造了他们的言行。华北地区"衔愤"上吊的妇女，死时多穿红衣，因为她们相信，红是阳色，身穿红衣，犹如活人生魂，就能骗过宅神眼目，自由出入房中复仇（《阅》13:19）。一个书生夜行郊外，忽然看见一幢非常宏伟的甲第，"私念此某氏墓，安有是宅，殆狐魅所化欤？"他熟读《聊斋》，此时不由希望也遇到一个青凤、水仙（皆是《聊斋》中可人的狐女），"踟蹰不行"，结果被狐狸戏耍一番（《阅》13:27）。这样的痴人当然不止他一个，除了蒋士铨说的那位武生之外（参看第二章），纪昀乡里有位罗生，也心心念念要娶一个狐仙（《阅》17:20）。一位莽汉的想象力更为丰富：听人说了一个宋定伯卖鬼的故事，他从此"夜夜荷梃执绳，潜行墟墓间"，还跑到素称有鬼的地方，装作喝醉的样子，想诱鬼上钩，结果一无所获：此人"气焰"太高，连鬼都被吓跑了（《阅》8:47）！

幽冥知识给人造成强烈心理暗示，有一个最典型的例子：丹徒吴某正在晾晒稻谷，一群乌鸦飞来偷吃，吴顺手捡了一粒土块，击中其中一只，那乌鸦"哑然坠地，复奋起飞去"。饭后，吴忽闻屋外有风雨之声，出门一看，只见"天色深黑，大雨如注"，进屋才发现，衣服上都是鸦粪。"吴因忆人言禽粪着身者不吉，'我今被污，殆将死乎？'自此遂病雀爪风。"他心中不服："鸦食我稻，我逐之，有何过，乃敢祟我？必控之于神。"有日"梦以黄纸自写一状，将投之城隍庙"。忽有二鸦飞来，化作青衣人，对吴说："君前所击者非鸦也，乃乌头太子也。"建议吴向太子请罪。吴不听,坚持要告状。这时又有二鸦飞来,化为少年,想看一下控词。吴持状示之。少年说,太子已知其误,可代为缓颊,一边将控词收入怀中飞去。"吴遽前往夺,忽然惊醒。自此所患渐愈,两月后平复如常。"(《子》22《乌头太子》)从现代心理学和精神病学的角度看,无论患疾还是痊愈,无疑都是吴氏自我暗示所致(高长江,2017:421—452),可以使我们清楚看到,灵异知识怎样透过内在途径对人们产生实在影响。

如果说这些事都还无伤大雅的话,下面这件事可是差点铸成大错:

> 乌鲁木齐有道士卖药于市。或曰:是有妖术。人见其夜宿旅舍中,临睡必探佩囊,出一小壶卢,倾出黑物二九,即有二少女与同寝,晓乃不见。问之,则云无有。余忆《辍耕录》[引者注:一名《南村辍耕录》,元末陶宗仪(字九成,1329—约1412)所著笔记]周月惜事,曰:"此乃所采生魂也,是法食马肉则破。"适中营有马死,遣吏密嘱旅舍主人,问适有马肉,可食否?道士掉头曰:"马肉岂可食?"余益疑,拟料理之。同事陈君题桥曰:"道士携少女,公未亲见;不食马肉,公亦未亲见。周月惜事,出陶

九成小说，未知真否。所云马肉破法，亦未知验否。公信传闻之词，据无稽之说，遽兴大狱，似非所宜。塞外不当留杂色人，饬所司驱之出境，足矣。"余乃止。（《阅》3:38）

这里提到的周月惜事，见《辍耕录》卷十三《中书鬼案》条，原文甚长，大致是说，术士王万里得人秘传，咒禁周月惜等三名童男童女生魂，用为奴婢，并以害人。事为王弼所知，告入官府，终于受到惩处。据王万里交代，行此法者，不可食牛肉、狗肉。但他有次买马肉时，店内误把牛肉卖给他，致其吃后法术失灵，不能收禁三魂（陶宗仪，2004：155—157）。纪昀显然是记错了：采生折割，不是禁食马肉，而是不能吃牛肉和狗肉。所以，若非陈题桥提示，即使事情真如纪昀所说，也必酿成一桩冤案。周月惜故事光怪离奇，成为不少志怪喜好的素材［《子不语》就曾采纳其事（《续》3《王弼》）］，纪昀若非平素好奇（尽管他对此不无自省，参看第二章），也不会朝这个方向考虑问题。

幽冥故事成为社会各阶层共享的常识，也就具有了可借以作伪的价值，其中尤以人狐之恋的主题最受欢迎。一个与邻家少年相狎的丽妇，为了掩盖身份，自称狐仙，获得少年信任（《阅》2:12）。某人夜归，发现新纳之妾杳无行踪，只留案上一札："妾本狐女，僻处山林，以夙负应偿，从君半载，今业缘已尽，不敢淹留。"其人"得书悲感，以示朋旧，咸相慨叹。以典籍尝有此事，勿致疑也"。不久，此妾牵入一桩官司，才知冒充狐女，只是她脱身的伎俩（《阅》13:64）。在另一故事中，有人雇了一个妓女，伪称女狐，委身于一个讲学家，戳穿了他伪道学的真面目（《阅》16:35）。这些都和书生寻狐的例子相映成趣，而主人公无一例外上当受骗，虽有主动被动之分，但都只能归咎于其心中预存了一个魅人的狐精。

偶尔也有其他神怪为人背锅。一个与情郎私通的女子怀孕了，告诉母亲，每晚都有一个巨人前来，"压体甚重，而色黝黑"。其母断定："是必土偶为妖也。"给了她一段彩丝，让她趁怪物来时偷偷系于其足。女子把丝线交给情郎，拴在关帝庙周仓像脚上。其母找到，几乎把周仓的脚都打断了。后来两人又偷偷约会，"忽见周将军击其腰，男女并僵卧不能起。皆曰：污蔑神明之报也"（《阅》2:23）。这女子和她母亲都掌握了同一套知识——土偶可以为祟（又如《续》6《梁制府说三事》，《阅》16:32），以及土偶的身体和行为特征，只是女子佯作不知而已。显然，和前边所讲的那些例子中，行动者是在一种自己并未觉察的状态下受制于鬼怪的传说不同，这些人是有意识地利用了民间流传的各种灵异知识，服务自己的目标。

从上面这些形形色色的人物的各种表现来看，故事不只模仿生活，它也形塑生活。陈寅恪（1890—1969）曾注意到，后人对"神话故事"信以为真，起而"效仿"，以致"故事"影响"历史"的情形，所在多是（陈寅恪，2001：268）。用田海的话说，一个故事就是一个"未来行动的脚本"（田海，2017：82）。通过对以往类似事件的记载，故事向人们提供了事情未来可能的发展方向，便于他们制定种种应对方案。不过，这不等于说人们可以任由自己的心意对它们加以阐释和利用。如前所述，故事要遵循它所在的社会与文化中的公认规则；人对故事的利用，当然也必须顺其脉络，不能走出边界太远，否则也就失去了可供发挥和利用的价值。但另一方面，人也不会严格遵守脚本设计，亦步亦趋。他完全可能（实际上也必须）按照自己所在的环境，对脚本加以调节。在多数情况下，起作用的都是从故事中抽离出来的零散知识和线索，而非完整的情节本身。它们相当灵活，能与各种情境结合，生成新的情节。由此，故事逻辑转化为生活逻辑，制造出相应的社会事实。

按照知识经济学的看法，"知识在生产过程中被有效地加以应用时，其价值会不断增值"（顾新，2008：1）。如果我们把幽冥知识和技术也算作经济学家所说的"知识"的话，可以看到，无论是人们有意识地对它们加以"应用"，还是在无意识中受到它们的影响（这两个过程常常混杂一起，密不可分），志怪故事都在一次次的复制、增殖和扩充中深刻改变了人的世界。当然，这里所说的"增值"，并不是在"市场"意义上而言。就本书主题来说，它更多地表现为，故事可信度的增加、特定认知方式的扩散、形塑世界能力的强化等。通过这些途径，知识才真正地成为一种"力量"。

结　论

　　本书意在从认知史角度检视乾嘉之际两部具有代表性的志怪著作——《阅微草堂笔记》和《子不语》。我所说的"认知史"，含有三项主题：一是这些鬼怪故事怎样记述、传播灵异知识；二是它们怎样在更广泛意义上认知和界定"知识"的概念；第三，也是最重要的，鬼怪故事如何成为一种学术研讨的对象。我试图表明，纪昀和袁枚写下这两部书，不只是在记录幽冥，也是在探索幽冥（纪昀的态度尤其严肃，袁枚则真假参半）；对读者来说，它们除了满足人的猎奇心理，也扮演了幽冥知识和技术教科书的角色。

　　第一章借鉴了知识社会史和传媒人类学视角，展示鬼怪故事跨越地理空间、社会阶层和传媒介质，广泛传播的过程。由于这两部书收录的故事大都来自士人间的闲谈，我把考察重点放在了读书人群体上。不过，我也强调，它们的原始出处和传播路径涵盖的范围极为广阔，好比百川入海，每一条河流都由许多支流融汇，彼此交织，组成无数大大小小的河道网。凡资讯所经之处，都会和周边环境形成复杂互动，而影响到信息的构成本身。不过，在这众多讲述者中，我们仍可发现有一些人扮演着专家角色，他们同样来自不同社会阶层，分别为阳间或冥间提供专业知识和技术服务。

本章讨论的另一主题是，传媒的变化会对幽冥故事（包括其中包含的知识和技术）的传播产生什么影响。我主要关注了三种媒介：口头的、书面的和印刷的。同一个故事可以转换为三种不同形式的文本，而保持一定的同构性。这使得我们可以部分地从书面文本中还原这些故事的口头传播情境。不过，多数人主要还是通过阅读而知晓这些故事的（尽管在本书讨论的大部分议题上，"读者"和"听者"这两种身份的区分都不重要）。一个故事印成书本，除了会扩大它的影响力，也会使它面对越来越多的审视，无论是整个事件还是涉及的某些细节，都会遭遇有心人的检查。和妄言妄听的轻松态度相比，这是一种完全不同的心态（但不等于二者不能兼容）。

第二章和第三章具体分析鬼怪故事怎样成为一种知识探索的对象。这中间分为两个步骤，一是对事件真伪的研判，一是对其原理的推究。其中，第二章主要从信和疑的角度展开。

我的看法是，除了少数人是纯粹的信仰者或不信者，其时大多数人（至少是读书人）对灵异事件的态度都暧昧不清，程度不同地徘徊在两个极端之间，其中又以"存而不论"和"将信将疑"两种表现最为常见。论者有时轻信，有时怀疑，全视他们所处的特定情势而定。此外，我还试图从更为客观的视角，探讨时人面对灵异事件时的反应，以及他们借以判断事件真伪的具体标准。

这一章有两个比较重要的分论点。一是，"存而不论"不能理解为西方哲学意义上的"不可知论"。存而不论当然认可有些东西"不可知"，但那主要是针对局部事物而言，不涉及对世界的整体看法。在有些情形下，"不可知"被描述为一种暂时的无知状态，并没有将理性探讨的可能性关在门外。因此，它也不会使人们"在整个科学领域里废除掉理性相信和盲从轻信的区别"［*罗素*（Bertrand Russell），1997：245］。另一个是，我主张在"阙疑"态度和20世纪中国知识分子提倡的"怀疑"精神之间划一条界线。前者重在暂时性的搁置，其精髓在不做判断，后者则更多地倾向于否定一端。二者虽然可能只有一点微妙区别，却完全可以导向两个不同方向。

第三章从"事""理"关系入手。纪昀、袁枚等人大体肯定，即便是不可思议之事，也自有其道理存在。在方法上，他们将同一主题的事例搜罗一处，加以比较和概括，区分出不同的怪异类型，采用推理和类推方法来解释其原因，尽量使其"平常化"。这些做法有时甚至相当系统，和时人在其他知识领域中的探索相去不远。对于故事中的逻辑漏洞，他们的意识也堪称敏锐，试图建立起一些试探性假设，予以消弭。不过，纪昀对偶然性的拒斥，也使他更多地看到鬼神对人世的干预，和他的自然主义立场不无矛盾。

这一章也可以看到纪昀等人的观念和理学立场的分合。一方面，作为知名的反宋学思想家，纪昀花了很大力气去证明鬼神的实存，反对理学家从阴阳二气的功能与作用的角度去解释灵异现象。更重要的，他也把这一问题当作知识伦理学的例证。通过强调事实往往可能超出人们已知的道理之外，他猛烈抨击了那种自以为已经掌握全幅真理的傲慢。在这个意义上，志怪故事也参与了宋学与反宋学的斗争。不过，我也注意到纪昀和宋学家拥有一些共同知识，试图揭示二者的观念在结构上的相似。

第四章从知识应用与实践角度切入，其中又涉及两个议题。一是志怪故事对知识和技术两面性的认知：知识既是需要被遮蔽的"天机"，也是需要被（偶尔）揭示给人的规则；技术既可用来制造危机，也可用来解除危机。所有这些故事都透露出知识与人的命运的紧密关联，而这关联仍是两面的：知识既可能站在命数一边，也可能带领命运转向新的轨道，关键是看人们怎样去利用它。为了深入展示这一点，我将注意力集中于一些专业和业余的技术专家身上，描述了他们对灵异技术的授受和运用方式。

本章探讨的第二个议题是，志怪怎样被有意无意地用作教科书。这里涉及一个阅读史的问题。无论读者热衷于志怪的目的是什么，无论是有意还是无意，他们都会从中学到许多东西。就有意层面而言，人们从中了解幽冥世界的基本情形，学到和鬼怪有关的知识与处理灵异危机的手段。在无意层面上，读者（听者）在阅读（聆听）故事的过程中，会潜移默化地培养出某些特定认知习性，一旦在日常生活里遇到疑似现象，便会下意识地调动此一视角，予以理解和回应。即使这些现象只是一些零星片段，他们也可以透过想象，将之缀合成为一个相对完整的叙事。这些固化的认知习性支配了人们的言行，创造出某些心理乃至物理的"事实"。因此，人和知识（技术）的关系同样具有两面性：他既利用知识，也被知识"利用"。只有将二者结合起来，才能更为全面地展示"知识就是力量"的意义。

我希望这本书能够帮助我们更为全面地理解志怪的认知史意义：不仅是作为一个时代的（也许是无意中的）记录而具有的史料价值，而且是它们本身就曾被当作一种重要的知识来源和知识探索的对象。马来西亚的华裔作家李天葆读到陈存仁

（1908—1990）力辩《红楼梦》中王熙凤死前见到鬼魂索命乃是幻觉的话，说：这种"煞有介事的认真，也是一种过去式的性情态度了"（**李天葆，2011：62**）。这使我们清楚看到社会心态变迁的后果：前一个时代的人严肃对待的话题，在下一个时代的人看来已经根本不是问题了（这差别并不一定是代际的，有时也存于同代人之中）。其中，"煞有介事的认真"几个字极为传神，恐怕也是今天很多人看到《阅微草堂笔记》对鬼怪有无的大段论说的反应。然而，正是这种"煞有介事的认真"提示我们，鬼怪故事在那个时代人的心中所具有的更严肃价值。

思想史家昆廷·斯金纳（Quentin Skinner）提出，在识别文本的信念问题上，有两种流行方法。一种看法认为，最重要的工作是确定一种信念的真假。若它是假的，研究者要做的就是"解释理性是如何败坏的"。另一种对立的看法认为，"我们没必要探究人们的信念是真是假"，重要的是"展示某个信念是如何与一整套信念相匹配"的，由此理解，为何对于其信仰者来说，"这些看似疯狂的信念其实是具有合理性的"。斯金纳则选择站在两者之外。在他看来，历史解释"需要的不是区分真与假"，而是要知道，对于某一特定社会来说，哪些信念是"合理"的，哪些"不合理"。在此意义上，"现代早期欧洲人对巫术的信念是完全合理、理性与充分的"——然

191

而，这不等于研究者就不该有自己的信念（昆廷·斯金纳，2018：8—13）。

我赞同斯金纳的意见。首先必须区分不同的信念：本书没有依据我们这个时代的认知标准，宣判纪昀、袁枚的观点是否正确，而是力图紧随他们的思维路线，但同时也不时跳出圈外，将之与另一些可能的思路相比较，以便更为清楚地界定，他们的信念在何种意义上是"合理、理性与充分的"。其次，我也要补充，第二种看法值得商榷，不仅是因为斯金纳给出的理由，而且也是因为，清人对灵异的看法并非完全融贯一致，而是夹杂着不少杂质，但这并不妨碍它们和更大规模的信念系统相匹配。重要的是，这种情况也并不限于我们这里讨论的对象，在某种程度上，它也反映了大多数人在大多数问题上的思维特征。

时人对幽冥的认知，往往游移不定。他们坦承并有意保持了事件的不确定性。即使在能够做出清晰论断的地方，他们的表述也常常留有余地。虽然他们有意识地清理了故事中某些自相矛盾之处，但相互冲突的叙述还是不少。[1]这些矛盾和模棱

---

① 比如纪昀提到的，无质之鬼何以能像"生人"一样活动（参看第三章），就是一个始终悬而未决的问题。又如，很多故事都表示，冥府主要靠文字记录断狱，但在有些故事中，是通过能够直接演示一个人生前作为的类似于录像设施一样的业镜——可是，有了业镜的记录，又何须文字呢？

的地方，既反映了志怪传统来源的多样性，实际也是所有灵异文化共同的特征。①纪昀等人对于这种情形并不满意，然而，在知识和思想资源都无法提供更为清晰答案的情形下，他们也只能尽力维持不同可能性之间的平衡。在此意义上，折中和阙疑并非他们思力薄弱的表现，反而正表明他们意识到了不同论点之间的差异，同时也忠实于自己的研究状态。

在现代科学中，知识和伦理之间存在着一条重要分界线。对于这种差别，纪昀、袁枚等人也有所感知，而且试图做出区隔（比如有关"神道设教"问题，参看第二章），但它们往往纠缠在一起，难以一刀两断。在多数情况下，时人对"事实"的思考，都围绕着知识、原理、逻辑层面展开，讲究证据的可信和推理的谨严；但他们的论述中始终存在一块拱心石，那就是道德。一旦将之取下，他们心中的宇宙秩序将整个坍塌。正是善恶、因果等伦理概念填补了阴阳、气化、感应等物理概念遗留的空白，并将它们贯穿在一起，成为一组思维原点。道德元素也不像今人认为的那样，必定和自然主义立场相矛盾，因为果报本身就被认为是宇宙自发原则的内在组成部分（参看第

---

① 根据卡洛·塞维利（Carlo Severi）的观点，正是这种含混不清的叙事，使它们可以超越种种相距甚远的社会经验的限制，为一个社会中的不同成员提供各自所需的想象空间和心理暗示，维持一个社会的生命力。换言之，这正是它们的力量源泉所在（Carlo Severi, 2015: 199—257）。

三章）。①

我也希望本书的论述使人意识到，尽管人们对幽冥和灵异事件的看法，乃是他们所在的文化整体的一部分，但这些看法并非他们所特有。清人志怪中的不少观点，都可以在其他时代乃至其他文化中找到相似项（特别参看第二章）。即使是对怪异事件的理性探讨，也不从这个时代开始。比如，李惠仪就认为，春秋时期郑大夫子产将"理性、逻辑、礼乐等知识，延伸到远离人类意识所及的领域"（**李惠仪**，2016：206）。鲁惟一（Michael Loewe）、陈侃理等人也在王充（27—约97）对各种神异学说的批判中，发现了观察、实验和类推（**鲁惟一**，2009：12—14；**陈侃理**，2015：261）。沈括对待怪异之事的处理方式（**傅大为**，2010：279—281），更是与纪昀等前响后应，异代同途。

这些情况表明，人性自有一些永恒、普遍、共通的维度。它和文化的特殊性并不矛盾，而且常常密切结合在一起。不过，本书的目的并不是要追溯一个恒久和普遍的历史，我的问题仍然来自对清代中叶智识生活的关注：尽管分开来看，本书

① 修辞学家韦恩·布斯（Wayne C. Booth）指出，没有任何一个科学家可以用他所谓的科学方法去检验一切。每一个科学家"都和你我一样，必须依赖于我们绝对无法独立证实的各式各样的信念"（**韦恩·布斯**，2009：303）。因此，我们不能孤零零地将某一"事实"或"信念"拈出来，而必须将其看作一个时代认知整体的一部分，才能做出评判。

叙述的现象并非18世纪所特有，但纪昀在这方面的思考无疑更为频密，更成系统；袁枚和其他作者的表现虽不如纪昀，也还是超过了前人。因此，还是要回到本书开端提出的问题：乾嘉时期的志怪和那一时期的考据学之间有什么关系吗？

当然有。在最直观的层面上，这两部书都有一些条目，属于考据性质。在袁枚是偶一为之，比如引用颜师古（581—645）的《慈寺碑》，判断"刑天"乃是"刑夭"之误（《续》1《刑天国》）；在纪昀则是连篇累牍，诸如杀牛禁令之由来、天主教和祆教的关系、相人法的演变等，皆在其考察范围之内（《阅》10:14、12:40、19:1），甚至还有自纠《四库总目》中失误的条目（《阅》12:66），和其时学界流行的札记体甚为近似。①翁心存曾据此称颂纪昀经学造诣之深（《阅》11:6"翁评"），李慈铭（1830—1894）更说，其"每下一语，必溯本源，间及考证，无不确核"，乃是"经师家法"（**李慈铭**，2001：799、798）。不过，也有读者，比如徐时栋，就对其在志怪中"时作考据语"颇表不耐（《阅》17:45"徐评"）。

其次，许多考据学家不但热衷于谈鬼说怪，也常将其当作发挥学术见解，参与学术论争的工具。《笔记》对墓祭之是

---

① 更有进者，李奭学注意到，《阅微草堂笔记》里陈指地球周长九万里，乃是来自明末清初耶稣会士传来的西学知识（**李奭学**，2016：260）。

非、《左传》之性质及《孝经》今古文等经学议题都有议论（《阅》11:70、12:13、12:16）。有一条借助精怪之口，大谈《易》理和说《易》诸家之不同，于其本末源流，皆提纲举要，言简意赅，功力深湛。徐时栋立刻看出：这全是纪昀"平日见解"，与《四库总目》中《易》类总序大体相同（《阅》6:8）。①袁枚虽不好考据，但既然整个学界都笼罩在汉学空气下，且经学讨论实际关系到对日常生活中一些关键事务的处理，所以其书也难以避开相关话题。比如，有一个故事涉及"女未庙见"是否应当守节的问题，一位乡塾先生就引用古礼，表示不必（《子》16《歪嘴先生》），和袁枚本人见解相同。②有一条中，孔门高弟有子亲自出场，告诉人们，《论语》中之"仁"，其实常常就是"人"；指责"汉宋诸儒不识'仁'字即'人'字，将个孝弟放在仁外，反添枝节"（《续》5《有子庙讲书》），也是其时学人关注的重点话题之一。③

不过，在志怪中插入几条考证文章，借用带有寓言性质的鬼怪故事表达自己的经学见解，还只能算是外围。对本书议题

---

① 按，《四库总目》中的《易》类总序（永瑢等，2003：1），与此说有同有不同，徐说亦未全确。

② 袁枚本人的意见，见他的《书鄂人对后》（袁枚，2014：1631）。这是明末以来士人争论甚多的一个问题（张寿安，2005：270—309）。

③ 比如阮元（1764—1849）说："'仁'字之训为'人'也，乃周、秦以来相传未失之故"，直到晋以后此说才失传，以致"异说纷歧，狂禅迷惑"（阮元，2006：194）。

来说，真正核心的是，考据学眼光和方法在时人对灵异主题的探讨中，起到了什么作用？最直接的答案，可以从时人采用考证方法判别鬼神真假的几则故事里找到（参看第二章）。这些故事告诉我们，同一套考证原则，适用于阴阳两界。因此，在经史考据学和"幽冥考据学"之间，常常存在一些有趣暗合。比如，一个据说是戴震十岁时的故事：

> 就傅读书，过目成诵，日数千言不肯休。授《大学章句》，至"右经一章"以下，问塾师："此何以知为孔子之言而曾子述之？又何以知为曾子之意而门人记之？"师应之曰："此朱文公（引者注：即朱熹）所说。"即问："朱文公何时人？"曰："宋朝人。""孔子、曾子何时人？"曰："周朝人。""周朝宋朝相去几何时矣？"曰："几二千年矣。""然则朱文公何以知然？"师无以应，曰："此非常儿也。"（段玉裁，2006：216）

这是几乎所有戴震传记都会提到的一个有名事件。无论其是否属实，都被认为代表了戴震学术乃至整个乾嘉考据学的一

197

个基本原则。①我们接着再看两条材料，一是周安士在《欲海回狂集》里的一段："问：六经所言，方可为据。列子之书，何足信乎？答：孔子生平所言，传于后世者，百千中之一耳。安保其尽载六经乎？列子，学孔子者也，去圣未远，其言必非无据。"（周梦颜，2015：804）另一条出自《笔记》："相去数千里，以燕赵之人，谈滇黔之俗，而谓居是土者，不如吾所知之确，然耶否耶？晚出数十年，以髫龀之子，论耆旧之事，而曰见其人者，不如吾所知之确，然耶否耶？"（《阅》12:13）尽管处理的议题有异，文类不同，推论的思路和原则却是一致的，都是认为，与所述内容时空距离的远近，决定了材料可信程度的高低。

这一时期的志怪著作，在心智特点上确有不少和汉学考据相似的地方：都有探索事情真相的兴趣，崇尚博览群书，重视证据的可靠和推理的严密。在方法上，考据学家惯于将散布在不同文献中的同类史料搜罗起来，加以系统归纳、比较和分析，追溯其源流，揭破其矛盾，复原其本意；有些学者在书本证据之外，还注意运用实地考察见闻，以证实或修改传世典籍

---

① 胡明辉认为这个故事"掩盖了戴震思想形成的真实历程"（胡明辉，2018：297）。他关心的是，从社会史的角度看，戴震作为一个"低层商人子弟"如何出人头地，这对其学术取径有何影响。我想指出的是，这个故事的核心的确是戴震形象建构的问题，但是，它也生动地反映了乾嘉考据学者思维的一些共同特征。

的记载。①而所有这些手段，在《笔记》和《子不语》中也都屡见不鲜。这在在提示我们，这一时期的志怪和考证共享着同一种心智氛围。

不过，双方之不同也不容忽视：虽然同样受到知识主义风气的影响，但志怪更多偏于"博洽"一边，和考据学家（尤其是戴震为代表的"皖派"）尤贵"谨严"的风格不同（参看第二章纪昀对"小说"与"诂经"的区分）。②在方法论上，作为乾嘉学术根基的音韵、训诂等小学知识，在志怪中也很少有机会发挥作用（相对而言，它和考据学中的史学一路，风格更为接近）。不过，双方最重要的差异也许在于，用今人的术语来说，考据学最鲜明的特点就是"归纳法"的运用，而志怪对鬼神事务的探讨更多依赖于演绎和推论：相对于"事"的真伪，它们似乎更热衷于追究其"理"之有无（参看第三章）。事实上，用戴震的标准看，志怪中的知识探索，最多只能算

---

① 濮德培（Peter C. Perdue）就注意到纪昀对新疆地区自然现象的观察和调查，并将其放入考据学的实证视野中定位（**濮德培，2018：76—81**）。这恰好可以和纪昀对西域的鬼怪认知相对照。

② 戴震曾宣布："学贵精不贵博，吾之学不务博也。"（**段玉裁，2006：248**）而阎若璩早就批评过"世人爱奇，奇则欲博"，以致无所择别的弊端（**阎若璩，2010：294**）。

"未至十分之见"，①远远无法和真正的考证相比。这一时期的幽冥探索从考据学的发展中分润不少，但前者显然不是后者延伸的结果。②

那么，我们怎样在"道问学"的思想脉络下来界定乾嘉时期志怪中的学术工作？也许正可从"理"这个字眼下手。前边已经说过，志怪要探索的"理"，和清代汉学对"理"的通常认知是一致的，指的都是散诸万物中的具体"事理"，也包括了人心社会意义上的"情理"，而非理学家所说的那种一本万殊的抽象"天理"（参看第三章）。这个区别一直被学界认为是汉宋学术之争在思想层面的枢纽所在。不过，换一个脉络看，事实也可能呈现出另一番面貌。

傅大为指出，北宋时期的士人越来越依赖于"理"的概念。不过，他们所说的理，乃是从"实际操作"中涌现的"具体的技术'原则'"，散布于"许多个别领域中"，是"特殊"因

---

① 戴震曾对姚鼐（1731—1815）讲："所谓十分之见，必征之古而靡不条贯，合诸道而不留余议，巨细毕究，本末兼察。若夫依于传闻以拟其是，择于众说以裁其优，出于空言以定其论，据于孤证以信其通，虽溯流可以知源，不目睹渊泉所导；循根可以达杪，不手披枝肆所歧，皆未至十分之见也。"（戴震，2006：141）

② 如果把本书所揭示的现象和艾尔曼那本偏重于知识社会史的著作《从理学到朴学——中华帝国晚期思想与社会变化面面观》所述现象做个比较，它们之间的异同就看得更清楚。比如说，考据学的学术累积性特征、对于发明权的争论以及学科的"进步"意识，在幽冥知识领域都是看不到的。

而也是"复数的理";理学在南宋兴起后,一元性的"形而上的理"占据思想中心,北宋形态的"理"也被边缘化了。但它在技术和自然知识的讨论中,仍一直在持续。傅大为强调,这是两种"同时在历史中浮现,但彼此没有明显的因果关系"的"理",不能混为一谈(傅大为,2010:282—284)。

这是一个很有启发性的观点。我们在宋应星那里,就可以看到北宋型"理"的概念的运用。从这个角度看,以戴震为代表的汉学家并没有"发明"一种新"理",而是将早已存在的另一种"理"的概念发扬光大了。这种"复数的理"突破了少数"得道"之人的垄断,成为社群协议的对象(一元性的"天理"当然并没有被全然排除在外,但这时它只能作为"协议"者之一参与其中,而不再具有最终的裁定权),为不同认知形态(比如志怪和考据)的并存带来了可能(所谓"博洽"也可以从这个角度加以理解)——正是这一开放性,使得"理"与"事"成为了知识考察的对象,无论它们看起来是严肃的,还是"荒唐"的。

从这个角度看,志怪中的学术探索,就更多承续了与理学不同的另一套"宋学"的知识路线,[①]它和汉学取向既有某些相同之处,又呈现出鲜明个性。过去我们提到清代的"道问

---

① 即使在理学家中,北宋型的"理"也并没有完全消失,朱熹对虹的解说就是一个例子(参看第三章)。

学",往往下意识地将其等同于考据学或汉学。但这两个概念显然是不一样的,在考据学之外,"道问学"还有更广阔的路线——它是一种弥散性的心智氛围,而不是某种特定的知识表征形式。其次,即使像纪昀这样的"汉学家",所承受的文化资源和所展开的思想面向也是多维度的,更不要说袁枚这样身在"汉学"门户之外的人了。因此,被我们通常称为清代"汉宋之争"的这场学术思想运动,也可能同时包含有不同"宋学"路线之间的竞争。或者,亦不妨反过来说:我们可以把清代学术的"汉宋之争",放在一个更广大的"宋学"运动的脉络中来理解。这就要求我们调整思想史和学术史的观察视角,突破那种从("宋学"的)"德性之知"转向("汉学"的)"闻见之知"的线性论述脉络,转向更具包容性的"认知"层次,揭示那些看似毫不相干的事物之间的隐秘关联,藉以开启重写近世中国心智历史的可能。

征引文献

艾衲居士，2013：《豆棚闲话》（与徐震《照世杯》合刊本），北京：华夏出版社

边连宝，2007：《说鬼行》，收在《边随园集》，北京：中华书局

彻悟，时间不详：《示众》，收在《彻悟大师遗集》，九江：庐山东林寺印经处

陈侃理，2015：《儒学、数术与政治：灾异的政治文化史》，北京：北京大学出版社

陈平原，2015：《中国现代小说的起点——清末民初小说研究》，北京：北京大学出版社

陈寅恪，2001：《读书札记三集》，北京：读书·生活·新知三联书店

陈垣，2009：《史源学实习课程说明》，收在《陈垣全集》第22册，合肥：安徽大学出版社

程瑶田，2008：《通艺录·论学外篇·讲学述》，收在《程瑶田全集》第1册，合肥：黄山书社

戴震，2006：《戴震文集》，北京：中华书局

邓有功，1977：《上清骨髓灵文鬼律序》，收在长春真人编《正统道藏》第11册，台北：新文丰出版股份有限公司

丁柔克，2002：《柳弧》，北京：中华书局

段义孚（Yi-fu Tuan），2017：《空间与地方》，王志标译，北京：中国人民大学出版社

段义孚（Yi-fu Tuan），2019：《恋地情结》，志丞、刘苏译，北京：商务印书馆

段玉裁，2006：《戴东原先生年谱》，收在戴震《戴震文集》，北京：中华书局

范家伟，2011：《汉唐时期疟病与疟鬼》，收在林富士编《疾病的历史》，台北：联经出版事业股份有限公司

方苞，2009：《方苞集》，上海：上海古籍出版社

傅大为，2010：《从文艺复兴到新视野——中国宋代的科技与〈梦溪笔谈〉》，收在祝平一主编《中国史新论·科技与中国社会分册》，台北："中央研究院"、联经出版事业股份有限公司

高玉海，2009：《"游戏澜言"与"孤愤之书"——袁枚与蒲松龄小说观比较》，《明清小说研究》2009年第4期

高长江，2017：《神圣与疯狂——宗教精神病学经验、理性与建构》，北

京：中国社会科学出版社

葛洪，2018：《抱朴子内篇校释》（增订本），王明校释，北京：中华书局

葛兆光，2016：《骨与肉：古代中国对身体与生命的一个看法》，《文史知识》2016年第10期

龚鹏程，2007：《乾嘉年间的鬼狐怪谈》，《中华文史论丛》总第86辑，上海：上海古籍出版社

顾新，2008：《知识链管理——基于生命周期的组织之间知识链管理框架模型研究》，成都：四川大学出版社

洪亮吉，2001：《洪亮吉集》，北京：中华书局

胡宝国，2003：《文史之学》，收在《汉唐间史学的发展》，北京：商务印书馆

胡明辉，2018：《青年戴震：18世纪中国士人社会的"局外人"与儒学的新动向（1740—1750）》，收在张寿安主编《晚清民初的知识转型与知识传播》，北京：北京师范大学出版社

纪昀，2010：《纪文达公遗集》，收在纪宝成主编《清代诗文集汇编》第354册，上海：上海古籍出版社

江苏省文物管理委员会，1960：《江苏高邮邵家沟汉代墓址的清理》，《考古》1960年第10期

蒋宝龄，2015：《墨林今话》，收在宋志英、潘竹选编《金石书画人物传记资料汇编》第39册，北京：国家图书馆出版社

蒋良骐，2005：《东华录》，济南：齐鲁书社

蒋士铨，2012：《忠雅堂集校笺》，邵海清校、李梦生笺，上海：上海古籍出版社

金克木，2016：《无文的文化》，收在《中国文化老了吗？》，北京：中华书局

金埴，2008：《巾箱说》（与《不下带编》合刊本），北京：中华书局

雷祥麟、傅大为，1993：《梦溪里的语言与相似性——对〈梦溪笔谈〉中"人命运之预知"及"神奇"、"异事"二门之研究》，《清华学报》新23卷第1期

黎靖德，2004：《朱子语类》，北京：中华书局

李慈铭，2001：《越缦堂读书记》，沈阳：辽宁教育出版社

李昉等，2013：《太平广记》，北京：中华书局

李丰楙，2010：《白蛇传说的"常与非常"结构》，收在《神化与变异：一个"常与非常"的文化思维》，北京：中华书局

李惠仪，2013：《清初文学（1644—1723）》，收在孙康宜主编《剑桥中国文学史》下卷，北京：生活·读书·新知三联书店

李惠仪，2016：《〈左传〉的书写与解读》，文韬、许明德译，南京：江苏人民出版社

李建民，2011：《旅行者的史学：中国医学史的旅行》，台北：允晨文化实业股份有限公司

李庆辰，1990：《醉茶志怪》，天津：天津市古籍书店

李尚仁，2010：《驱魔传教——倪维思论中国人被鬼附身的现象》，收在

林富士主编《中国史新论·宗教史分册》，台北："中央研究院"、联经出版事业股份有限公司

李奭学，2016：《明清西学六论》，杭州：浙江大学出版社

李天葆，2011：《过眼红楼数云烟》，《万象》第13卷第5期

李孝悌，2007：《恋恋红尘——中国的城市、欲望和生活》，上海：上海人民出版社

李颙，1996：《观感录》，收在《二曲集》，北京：中华书局

梁恭辰，1985：《北东园笔录》，收在《笔记小说大观》（一编），台北：新兴书局有限公司

梁启超，1989：《清代学术概论》，收在《饮冰室合集》第8册，北京：中华书局

梁绍壬，2015：《两般秋雨盦随笔》，上海：上海古籍出版社

梁章钜，2015：《浪迹丛谈·续谈·三谈》，北京：中华书局

廖咸惠，2004：《祈求神启——宋代科举考生的崇拜行为与民间信仰》，《新史学》第15卷第4期

凌濛初，1990：《拍案惊奇》，南京：江苏古籍出版社

刘祥光，2014：《宋代日常生活中的卜算与鬼怪》，台北：政大出版社

刘益国，1998：《元曲熟语辞典》，成都：四川大学出版社

鲁迅，2014：《中国小说史略》，收在《鲁迅全集》（编年版）第2卷，北京：人民文学出版社

逯耀东，2006：《志异小说与魏晋史学》，收在《魏晋史学的思想与社会

基础》，北京：中华书局

栾保群，2011：《说魂儿——扪虱谈鬼录之二》，上海：上海文艺出版社

栾保群，2017A：《鬼在江湖：扪虱谈鬼录》，上海：上海文艺出版社

栾保群，2017B：《扪虱谈鬼录》（修订版），南京：江苏凤凰文艺出版社

吕立亭，2013：《晚明文学文化（1573—1644）》，收在孙康宜主编《剑
　　桥中国文学史》下卷，北京：生活·读书·新知三联书店

吕妙芬，2017：《成圣与家庭人伦：宗教对话脉络下的明清之际儒学》，
　　台北：联经出版事业股份有限公司

毛元征，2015：《炳烛录》，收在潘德舆等著《潘德舆家书与日记（外四
　　种）》，南京：凤凰出版社

欧阳修、宋祁，2012：《新唐书》，北京：中华书局

钱大昕，1989：《潜研堂集》，上海：上海古籍出版社

钱泳，2013：《履园丛话》，北京：中华书局

钱锺书，1991：《管锥编》，北京：中华书局

阮葵生，2014：《茶余客话》，上海：上海古籍出版社

阮元，2006：《论语论仁论》，收在《揅经室集》，北京：中华书局

孙葆田，1989：《书徐雨峰中丞田烈妇碑记刻本后》，收在《校经室文
　　集》，《丛书集成续编》第198册（影印《求恕斋丛书》本），台北：
　　新文丰出版公司

陶宗仪，2004：《南村辍耕录》，北京：中华书局

王鏊，2014：《震泽长语》，收在王鏊、王禹声《震泽先生别集》，北

京：中华书局

王德威，2017：《历史·小说·虚构》，收在《想象中国的方法：历史·小说·叙事》，天津：百花文艺出版社

王汎森，2004：《明末清初儒学的宗教化——以许三礼的告天之学为例》，收在《晚明清初思想十论》，上海：复旦大学出版社

王汎森，2013：《权力的毛细管作用：清代的思想、学术与心态》，台北：联经出版事业股份有限公司

王培峰，2015：《纪昀〈阅微草堂笔记〉的学术思想价值——兼论〈阅微草堂笔记〉与〈四库全书总目〉学术思想之异同》，《社会科学论坛》2015年第4期

王棨华，2017：《达亭老人遗稿》，南京：凤凰出版社

王士禛，2011：《池北偶谈》，北京：中华书局

王士禛，2014：《古夫于亭杂录》，北京：中华书局

王昕，2018：《论六朝地记与志怪"小说"——以洞窟故事为中心》，《华东师范大学学报》（哲学社会科学版）2018年第2期

王颖，2008：《乾隆文治与纪晓岚志怪创作》，郑州：中州古籍出版社

王应奎，2012：《柳南随笔·续笔》，上海：上海古籍出版社

王友亮，2018：《后说鬼行》，收在《王友亮集》，南京：凤凰出版社

王正华，2005：《生活、知识与文化商品：晚明福建版"日用类书"与其书画门》，收在蒲慕州主编《台湾学者中国史研究论丛·生活与文化》，北京：中国大百科全书出版社

吴波，2005：《追踪晋宋，踵事增华——〈阅微草堂笔记〉对魏晋六朝志怪小说的继承与发展》，《蒲松龄研究》2005年第2期

吴波等，2012：《阅微草堂笔记会校会注会评》，南京：凤凰出版社

吴昌炽，1985：《客窗闲话》，石家庄：河北人民出版社

吴骞，2015：《吴兔床日记》，南京：凤凰出版社

武田雅哉，2017：《构造另一个宇宙：中国人的传统时空思维》，任钧华译，北京：中华书局

西樵云泉仙馆，2015：《善与人同录初集》（与《分类功过格》合刊本），桂林：广西师范大学出版社

徐珂，2010：《清稗类钞》，北京：中华书局

阎若璩，2010：《尚书古文疏证》，上海：上海古籍出版社

颜元，2012：《阅张氏王学质疑评》，收在《颜元集》，北京：中华书局

杨尔曾，2007：《韩湘子全传》，呼和浩特：远方出版社

杨坚江，2011：《明清清言经典十种》，杭州：西泠印社出版社

杨庆堃，2007：《中国社会中的宗教：宗教的现代社会功能与其历史因素之研究》，范丽珠等译，上海：上海人民出版社

姚大力，2016：《一桩错案能告诉我们什么？》收在《读史的智慧》（修订本），上海：复旦大学出版社

姚元之，2014：《竹叶亭杂记》（与赵翼《檐曝杂记》合刊本），北京：中华书局

叶梦得，2012：《避暑录话》（与《石林燕语》合刊本），上海：上海古

籍出版社

叶子奇，1997：《草木子》，北京：中华书局

佚名，无出版时间：《劝世文》，无出版地点

永瑢等，2003：《四库全书总目》，北京：中华书局

尤侗，2006：《艮斋杂说、续说·看鉴偶评》，北京：中华书局

有鬼君，2020：《见鬼：中国古代志怪小说阅读笔记》，北京：东方出版社

于君芳，2015：《观音——菩萨中国化的演变》，陈怀宇等译，北京：商
　　务印书馆

余英时，1995：《清代学术思想史重要观念通释》，收在《中国思想传统
　　的现代诠释》，南京：江苏人民出版社

袁枚，1997：《袁枚全集》第5卷，南京：江苏古籍出版社

袁枚，2012：《子不语》，上海：上海古籍出版社

袁枚，2014：《小仓山房诗文集》，上海：上海古籍出版社

岳永逸，2014：《行好：乡土的逻辑与庙会》，杭州：浙江大学出版社

张寿安，2005：《十八世纪礼学考证的思想活力——礼教论争与礼秩重
　　省》，北京：北京大学出版社

张维屏，1998：《纪昀与乾嘉学术》，台北：台湾大学出版委员会

张伟丽，2015：《〈阅微草堂笔记〉志怪特色研究》，天津：天津古籍出
　　版社

张循，2017：《道术将为天下裂：清中叶"汉宋之争"的一个思想史研
　　究》，桂林：广西师范大学出版社

张友鹤，2013：《聊斋志异会校会注会评本》，上海：上海古籍出版社

章学诚，2005：《文史通义校注》，叶瑛校注，北京：中华书局

昭梿，2015：《啸亭杂录》，北京：中华书局

赵翼，2009：《放言九首》，收在《赵翼全集》第5册，南京：凤凰出版社

赵翼，2014：《檐曝杂记》（与姚元之《竹叶亭杂记》合刊本），北京：
中华书局

郑诗亮，2018：《栾保群谈中国古代的幽冥文化》，澎湃新闻，2018年4月
15日

郑毓瑜，2017：《引譬连类：文学研究的关键词》，北京：生活·读书·新知
三联书店

周亮工，2014：《休休道人授书图记》，收在《赖古堂集》，上海：华东
师范大学出版社

周梦颜，2015：《安士全书》，北京：团结出版社

Ahern, Emily M.（芮马丁），2014：《姻亲和亲属仪式》，收在武雅士
（Arthur P. Wolf）主编《中国社会中的宗教与仪式》，彭泽安、邵铁
峰译，南京：江苏人民出版社

Allinson, Robert E.（爱莲心），2010：《向往心灵转化的庄子：内篇分
析》，周炽成译，南京：江苏人民出版社

Arnold, John H.（约翰·阿诺德），2008：《历史之源》，李里峰译，南京：
译林出版社

Bausinger, Hermann（赫尔曼·鲍辛格），2014：《技术世界中的民间文

化》，户晓辉译，桂林：广西师范大学出版社

Behringer, Wolfgang（沃尔夫冈·贝林格），2018：《巫师与猎巫：一部全球
史》，何美兰译，北京：北京大学出版社

Bloch, Marc（马克·布洛赫），2018：《国王神迹：英法王权所谓超自然性
研究》，张绪山译，北京：商务印书馆

Booth, Wayne C.（韦恩·布斯），2009：《一个修辞学家眼中的大学理
念》，收在《修辞的复兴：韦恩·布斯精粹》，穆雷等译，南京：译林
出版社

Bray, Francesca（白馥兰），2017：《技术、性别、历史：重新审视帝制中
国的大转型》，吴秀杰、白岚玲译，南京：江苏人民出版社

Briggs, Robin（罗宾·布里吉斯），2005：《与巫为邻：欧洲巫术的社会和文
化语境》，雷鹏、高永宏译，北京：北京大学出版社

Brokaw, Cynthia J.（包筠雅），2015：《文化贸易：清代至民国时期四堡的
书籍交易》，刘永华、饶佳荣等译，北京：北京大学出版社

Burke, Peter（彼得·柏克），2005：《欧洲近代早期的大众文化》，杨豫、
王海良等译，上海：上海人民出版社

Burke, Peter（彼得·柏克），2013：《知识社会史：从古腾堡到狄德罗》，
贾士蘅译，台北：麦田出版

Campany, Robert Ford（康儒博），2019：《修仙：古代中国的修行与社会
记忆》，顾漩译，南京：江苏人民出版社

Chan, Leo Tak-hung（陈德鸿），1998, *The Discourse on Foxes and Ghosts: Ji*

Yun and Eighteenth-Century Literati Storytelling, Honolulu: University of Hawai'i Press

Chartier, Roger（罗杰·夏蒂埃），2015：《法国大革命的文化起源》，洪庆明译，南京：译林出版社

Crary, Jonathan（强纳森·柯拉瑞），2007：《观察者的技术：论十九世纪的视觉与现代性》，蔡佩君译，台北：行人出版社

Darnton, Robert（罗伯·丹屯），2011：《新闻在巴黎：早期资讯社会》，收在《华盛顿的假牙：非典型的十八世纪法国文化指南》，杨孝敏译，台北：博雅书屋有限公司

Davis, Natalie Zemon（娜塔莉·泽蒙·戴维斯），2015：《档案中的虚构：16世纪法国的赦罪故事及故事的讲述者》，饶佳荣、陈瑶等译，北京：北京大学出版社

Elman, Benjamin A.（本雅明·艾尔曼），1995：《从理学到朴学——中华帝国晚期思想与社会变化面面观》，赵刚译，南京：江苏人民出版社

Elman, Benjamin A.（本雅明·艾尔曼），2016：《科学在中国》，原祖杰等译，北京：中国人民大学出版社

Elman, Benjamin A., 2000, *A Cultural History of Civil Examinations in Late Imperial China*, London, University of California Press

Evans- Pritchard, E. E.（E. E. 埃文思-普里查德），2006：《阿赞德人的巫术、神谕和魔法》，覃俐俐译，北京：商务印书馆

Febvre, Lucien（吕西安·费弗尔），2012：《十六世纪的无信仰问题》，闫

素伟译，北京：商务印书馆

Ginzburg, Carlo（卡洛·金斯伯格），2005：《夜间的战斗：16、17世纪的巫术和农业崇拜》，朱歌姝译，上海：上海人民出版社

Ginzburg, Carlo, 1980, "Preface of Italian Edition," *in The Cheese and the Worms: The Cosmos of a Sixteenth- Century Miller*, translated by John and Anne Tedeschi, Baltimore, The Johns Hopkins University Press

Hadot, Pierre（皮埃尔·阿多），2015：《伊西斯的面纱：自然的观念史随笔》，张卜天译，上海：华东师范大学出版社

Hansen, Valerie（韩森），2008：《传统中国日常生活中的协商：中古契约研究》，鲁西奇译，南京：江苏人民出版社

Hansen, Valerie（韩森），2016：《变迁之神——南宋时期的民间信仰》，包伟民译，上海：中西书局

Harbsmeier，Christoph（何莫邪），2015：《中国古代的知识概念》，高菱译，收在华东师范大学中国现代思想文化研究所编《思想与文化》第16辑，上海：华东师范大学出版社

Hartley, John（约翰·哈特利）、Potts, Jason（贾森·波茨），2017：《文化科学：故事、亚部落、知识与革新的自然历史》，何道宽译，北京：商务印书馆

Hertel, Bradley R., 1980, "Inconsistency of Beliefs in the Existence of Heaven and Afterlife," *Review of Religious Research*, 21: 2

Hobsbawm, Eric（埃里克·霍布斯鲍姆），2003：《英国史学与〈年鉴〉：

一个说明》，收在《史学家：历史神话的终结者》，马俊亚、郭英剑译，上海：上海人民出版社

Huntington, Rania（韩瑞亚），2019：《异类：狐狸与中华帝国晚期的叙事》，籍萌萌译，上海：中西书局

James, Montague Rhodes（蒙塔古·罗兹·詹姆斯），2014：《炼金术士及其他鬼故事》，徐成译，上海：上海文艺出版社

Kang Xiaofei（康笑菲），1999，"The Fox and the Barbarian: Unraveling Representations of the Other in Late Tang Tales," *Journal of Chinese Religious*, 27

Kuhn, Philip Alden（孔飞力），1999：《叫魂：1768年中国妖术大恐慌》，陈兼、刘昶译，上海：上海三联书店

Kuhn, Thomas S.（托马斯·库恩），2018：《科学革命的结构》，金吾伦、胡新和译，北京：北京大学出版社

Lackner, Michael（朗宓榭），2018：《士人遇到术士：论中国占卜术中的世界观和生命世界》，收在《小道有理：中西比较新视阈》，金雯、王红妍译，北京：生活·读书·新知三联书店

Lakoff, George（乔治·莱考夫）、Johnson, Mark（马克·约翰逊），2015：《我们赖以生存的隐喻》，何文忠译，杭州：浙江大学出版社

Lakoff, George（乔治·莱考夫）、Johnson, Mark（马克·约翰逊），2018：《肉身：亲身心智及其向西方思想的挑战》，李葆嘉等译，北京：世界图书出版公司

Le Goff, Jacques（雅克·勒高夫），2014：《母性的和开辟世业的梅露西娜》，收在《试谈另一个中世纪——西方的时间、劳动与文化》，周莽译，北京：商务印书馆

Loewe, Michael（鲁惟一），2009：《汉代的信仰、神话和理性》，王浩译，北京：北京大学出版社

Mckeon, Michael（迈克尔·麦基恩），2015：《英国小说的起源，1600—1740》，胡振明译，上海：华东师范大学出版社

Owen, Stephen（宇文所安），2006：《瓠落的文学史》，田晓菲译，收在《他山的石头记——宇文所安自选集》，南京：江苏人民出版社

Pascal, Blaise（帕斯卡尔），1995：《思想录》，何兆武译，北京：商务印书馆

Perdue, Peter C.（濮德培），2018：《万物并作：中西方环境史的起源与展望》，韩昭庆译，北京：生活·读书·新知三联书店

Plaks, Andrew H.（浦安迪），2018：《中国叙事学》，北京：北京大学出版社

Pruyser, Paul W.（保罗·普吕瑟），2014：《宗教的动力心理学》，宋文里译注，台北：联经出版事业股份有限公司

Russell, Bertrand（罗素），1997：《西方哲学史》下卷，马元德译，北京：商务印书馆

Schäfer, Dagmar（薛凤），2015：《工开万物：17世纪中国的知识与技术》，吴秀杰、白岚铃译，南京：江苏人民出版社

Schafer, Edward Hetzel（薛爱华），2014A：《朱雀：唐代的南方意象》，程章灿、叶蕾蕾译，北京：生活·读书·新知三联书店

Schafer, Edward Hetzel（薛爱华），2014B：《神女：唐代文学中的龙女和雨女》，程章灿译，北京：生活·读书·新知三联书店

Severi, Carlo, 2015, *The Chimera Principle: An Anthropology of Memory and Imagination*, Trans. by Janet Lloyd, Chicago, Hau Books

Shapin, Steven, 1995, *A History of Truth, Civility and Science in Seventeenth-Century England*, Chicago and London, The University of Chicago Press

Shuman, Amy, 1986, *Storytelling Rights: The Uses of Oral and Written Texts by Urban Adolescents*, Cambridge, Cambridge University Press

Sivin, Nathan（席文），2011：《科学史方法论讲演录》，任安波译，北京：北京大学出版社

Skinner, Quentin（昆廷·斯金纳），2018：《国家与自由：斯金纳访华讲演录》，北京：北京大学出版社

Sterckx, Roel（胡司德），2016：《古代中国的动物与灵异》，蓝旭译，南京：江苏人民出版社

ter Haar, Barend（田海），2017：《讲故事：中国历史上的巫术与替罪》，赵凌云等译，上海：中西书局

Tillman, Hoyt（田浩），2011：《朱熹的思维世界》，南京：江苏人民出版社

Vernant, Jean- Pierre（让-皮埃尔·维尔南），2007：《论希腊技术思想的形式和限度》，收在《希腊人的神话和思想——历史心理分析研究》，

黄艳红译，北京：中国人民大学出版社

Veyne, Paul（保罗·韦纳），2013：《异教徒和他们的神》，收在《古罗马的性与权力》，谢强译，上海：华东师范大学出版社

Veyne, Paul（保罗·韦纳），2014：《古希腊人是否相信他们的神话：论构建的想象》，张竝译，上海：华东师范大学出版社

Veyne, Paul（保罗·韦纳），2018：《人如何书写历史》，韩一宇译，上海：华东师范大学出版社

von Glahn, Richard（万志英），2018：《左道：中国宗教文化中的神与魔》，廖涵缤译，北京：社会科学文献出版社

主题索引

224

231

后　记

　　成都的冬天阴冷湿黯，我做不了正事，只好以看小说遣日。有一年看了一大堆鬼故事，其中就有《阅微草堂笔记》和《子不语》。这两本书过去上学时候也都翻过，已经忘得一干二净。这回因为职业积习的作用，留意到其中不少有趣的论题，随手做了点笔记。刚好遇到四川人民出版社原副总编周颖女士约稿，一时冲动，决定把这些模糊的想法清理一下，写个稍长点的读书札记，以示玩物未必丧志。

　　按照最初设想，这本小书可以聚焦于清人志怪中的两个议题，一个有关道德，一个有关知识。但当我下定决心，准备动笔之时，忽然读到陈德鸿（Chan Leo Tak-hung）先生的 *The Discourse on Foxes and Ghosts: Ji Yun and Eighteenth-Century Literati Storytelling*，发现他的思路与我不谋而合，不得不就此搁笔。经过几个月的考虑，我决定暂时放弃道德观一题，将笔墨集中在这些鬼故事透露出的知识观念上。陈先生虽已在这方面做了不少富有启发性的探讨，但我确信自己仍可以说出一点新东西。

真正写起来，倒是顺手，从2018年9月初到11月初，统共花费两个月，就完成了这十多万字。那段时间，每天晚上我去四川大学江安校区，到办公室接内子辛旭回家，路上忍不住谈起书中话题，博了个"鬼怪学家"的称号。我们根据这些神异知识，"推断"一个行为奇异的熟人可能是"狐仙"幻化，为此拜托另一个朋友故意在他跟前提及狐仙故事，一试究竟。结果他竟未表现出神怪身份被人识破后应有的惊慌失措，委实令人失望。

本书写作期间，承陈以爱教授慷慨惠赠资料。书稿完成后，辛旭提了不少修改建议。王曼力听过若干部分，坦言我写得不如说得好。王义铭亦让我知道，书中的表述与我自期的平白晓畅还相距甚远。书中部分内容，分别以"汉学家讲鬼故事：纪昀如何探索幽冥"（我曾设想以此为书题，但被熟悉出版规定的朋友否定了）和"当志怪成为教科书"为题，在四川大学历史文化学院和西南大学历史文化学院、中央民族大学历史文化学院做了演讲，并从听众的回馈中获得极大的鼓励和启发。承杨和平教授的垂青，第一章的一部分发表在《西华师范大学学报》（哲学社会科学版）2019年第5期，题为"从幽冥故事看士大夫的社交模式与知识探讨——以乾嘉时期的两部志怪为中心"。

自接受周颖的约请，到进入实际写作，中间耽搁竟达三年之久，待我交稿时，距她办理退休手续，只剩下二十余天时间，使我深感愧疚。好在吴焕姣编辑深悉此事颠末，她的细心工作为此书增色不少，让我减少了些许自责。

2019年12月9日，定稿于北京清华大学普吉楼1栋

图书在版编目（ＣＩＰ）数据

探索幽冥：乾嘉时期两部志怪中的知识实践 / 王东
杰著. -- 成都：巴蜀书社，2022.5（2023.9重印）
　　（深描丛书 / 王东杰主编）
ISBN 978-7-5531-1574-0

Ⅰ. ①探… Ⅱ. ①王… Ⅲ. ①志怪小说－小说研究－
中国－清代 Ⅳ. ①I207.419

中国版本图书馆CIP数据核字(2021)第223460号

TANSUO YOUMING QIANJIA SHIQI LIANGBU ZHIGUAI ZHONG DE ZHISHI SHIJIAN

探索幽冥:乾嘉时期两部志怪中的知识实践
王东杰　著

策　划	周　颖　吴焕姣	
责任编辑	吴焕姣	
封面设计	周伟伟	
内文设计	四川胜翔数码印务设计有限公司	
出　版	巴蜀书社	
	四川省成都市锦江区三色路238号新华之星A座36楼	
	邮编：610023　总编室电话：（028）86361843	
网　址	www.bsbook.com	
发　行	巴蜀书社	
	发行科电话：（028）86361852	
经　销	新华书店	
印　刷	成都东江印务有限公司	
版　次	2022年5月第1版	
印　次	2023年9月第2次印刷	
成品尺寸	130mm×185mm	
印　张	8.75	
字　数	150千	
书　号	ISBN 978-7-5531-1574-0	
定　价	68.00元	

本书若出现印装质量问题，请与工厂联系调换